조오이)

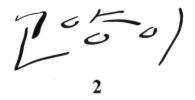

2

베르나르 베르베르 장편소설
전미연 옮김

이 책은 실로 꿰매어 제본하는 정통적인 사철 방식으로 만들어졌습니다.
사철 방식으로 제본된 책은 오랫동안 보관해도 손상되지 않습니다.

17

제3의 눈의 탄생

있어야 할 안젤로가 없다.

바닥에 오줌 자국이 있고 콩알만 한 똥이 군데군데 뒹굴고 체취도 남아 있는데, 안젤로는 증발한 듯 사라졌다. 원래 가만히 있지 못하는 부산스러운 성격에 배까지 고프니 종탑 밖으로 나갔을 것이다.

피타고라스가 걱정스러운 얼굴로 눈을 감더니 짧은 명상에 들어갔다 나온다.

「나한테 안젤로와 나탈리를 찾을 묘안이 있어. 바로 이거야.」

그가 내 목걸이에 달린 빨간 펜던트를 앞발로 가리킨다.

「지난번에 말했듯이 이건 GPS 추적 장치야. 이걸 갖고 있으면 누구든 위치 추적이 가능해.」

「나탈리는 이런 목걸이가 없어. 네 설명을 들으면 나탈리는 나를 찾을 수 있지만 그 반대는 불가능할 것 같은데.」

「너희 집사는 스마트폰으로 지도에서 네 목걸이에 붙은 GPS 수신기의 위치를 찾아낼 수 있어. 내가 이 점을 역이용해 그녀의 스마트폰이 어디 있는지 찾아내서 그녀의 위치를 확인하는 거지. 안젤로도 똑같은 목걸이를 하고 있으니까 찾을 수 있어.」

「〈인터넷〉이라고 했어? 그건 또 뭐야?」

「나중에 설명해 줄게. 우리 집부터 가자.」

「거긴 안 돼. 아까 그놈들이 너희 집에 가 있을 거야.」

「시간이 지나면 나오겠지. 가까운 지붕에서 놈들의 동태를 살피다가 나오면 우리 집 지하로 내려가자. 지난번에 못 한 설명을 해줄게.」

드디어 비밀을 털어놓겠다고? 숨기고 감추는 건 질색인 내가 용케 오래도 참았네. 그 비밀이라는 게 대체 뭘까? 아, 내 새끼 안젤로……. 눈앞에서 알짱거릴 때는 성가시더니 이렇게 보고 싶을 줄이야.

우리는 피타고라스 집 앞으로 돌아와 나무에 올라간다. 우리 집은 아직 불타고 있다. 불을 끄러 오는 사람이 없고 바람까지 불자 불길은 험하게 번지기만 한다. 굉음과 함께 지붕이 무너져 내린다.

반면 피타고라스의 집은 잠잠하다. 굴뚝에서는 더 이상 연기가 나오지 않는다. 한참 후에 놈들이 집 밖으로 나오지만 다시 돌아올지도 몰라 조금 더 기다린다.

어둠이 내리고 나서야 우리는 조심스럽게 안으로 들어간다.

한때 내 동거묘였던 고양이가 뼈만 남아 바닥에 흩어져 있다……. 눈이 뻥 뚫린 하얀 두개골의 낯설고 기이한 이미지. 〈거죽 아래〉는 나도 똑같은 모습이겠지?

나는 그의 흔적을 내려다보며 즉흥적으로 추도사를 한다.

「불쌍한 펠릭스, 과히 충만한 삶은 아니었지. 그렇다고 나와 안젤로, 집사의 사랑을 듬뿍 받지도 못했어. 그렇지만 아무 고민 없이 살았으니 마음만은 왕후장상이 부럽지 않았을 거야. 고통의 순간이 짧았길 바라.」

소피는 아까 모습 그대로 거실에 있다. 피타고라스가 엎드려 있는 집사의 등에 올라가 앉는다.

「지금 뭐 하는 거야?」

「땅에 묻어 주지도 장례식을 치러 주지도 못하니까 죽

은 인간에게 고양이만이 해줄 수 있는 걸 해주려고. 〈저 세상〉까지 배웅해 주려고.」

무슨 영문인지는 모르지만 설명을 기대하면서 일단 지켜본다.

피타고라스가 눈을 감는다. 눈꺼풀이 울룩불룩하고 귀가 움찔움찔한다. 발톱이 미세한 경련을 일으키며 나왔다 들어갔다 한다.

몸이 굳었다 풀리기를 반복하더니 긴장이 완전히 풀린다. 그가 천천히 눈을 뜬다.

「됐어. 그녀가 〈올라갔어〉.」

그가 안도의 표정을 짓는다.

「그 뜻은?」

「소피처럼 인간의 영혼이 존재나 감정에 미련이 남아 꼼짝없이 〈이승〉에 갇히는 경우가 있어. 여기 붙잡아 두지 않을 테니 어서 빛을 향해 가라고 내 고양이 영혼이 그녀한테 얘기했어.」

「그래서 어떻게 됐어?」

「내 영혼이 멀리 빛이 보이는 터널 입구까지 그녀의 영혼을 배웅하고 그동안 잘해 줘서 고맙다고 인사를 했어. 아무것도, 심지어 나도 그녀를 이 차원에 잡아 두지 않을

테니 잘 가라고, 멋진 환생을 빌어 주겠다고 작별 인사를
했지.」

「인간의 영혼과 소통이 가능하다는 뜻이네?」

「죽은 인간하고만 가능해. 사실 이집트인들이 우리를
숭배했던 것도 이 때문이야. 그들은 우리가 사자들의 영
혼을 배웅할 수 있다는 걸, 다시 말해 〈저승사자〉의 능력
이 있다는 걸 알았던 거야.」

「대체 넌 어떻게 인간의 세계를 그렇게 정확하고 자세
히 알아? 어휘도 모르는 게 없고?」

「인터넷 덕분이야. 그 복잡한 과정을 자세히 설명해 주
는 비디오가 인터넷에 많거든.」

나는 피타고라스의 말을 곱씹어 생각한다.

한마디로 육체는 죽지만 영혼은 살아남아 환생한다는
거잖아?

결국 영혼은…… 불멸한다는 뜻이야.

(고로 나는 불멸한다!)

나는 이 말을 몇 번이고 입 속으로 되뇐다. 믿기지 않
는다!

피타고라스를 통해 새로운 개념들에 눈뜰수록 나의 무
지를 통렬히 깨닫게 된다. 그의 앞에서는 내가 그토록 무

시했던 펠릭스와 하등 다를 게 없다는 사실이 부끄러워진다.

「하늘로 날아오르기 전에 소피의 영혼이 흥미로운 얘기를 해줬어.」

나는 복잡한 머릿속으로 다시 그의 말에 귀를 기울인다.

「선택이 가능하다면 내세에는 고양이 몸으로 태어나고 싶다고 말했어. 나는 그 반댄데. 난 다음 생에 인간으로 태어나고 싶거든.」

「아니, 왜 퇴화하려고 해?」

「인간의 손을 갖고 싶어. 그 손끝에서 책이 나오고 정교한 기계가 만들어지고 예술이 탄생하잖아. 인간처럼 웃어 보고 싶기도 해. 웃을 때의 느낌을 알고 싶어. 우리 고양이들은 항상 너무 진지하잖아, 뭐든 너무 심각하게 받아들이고. 가끔은 인간처럼 냉소를 지어 보고 싶어, 자기 냉소를 통해 뭐든 상대화해서 바라볼 수 있는 인간이 부러워.」

「누구든 자기와 다른 존재가 되고 싶어 하지.」

「바스테트, 너는 내세에서 육체를 선택할 수 있다면 뭐가 되고 싶어?」

「당연히 암고양이지! 진화의 정점에서 퇴행을 선택할

순 없으니까. 나의 정신을 부릴 줄 모르고 주변 세계를 있는 그대로 지각하지 못하면서 이미지와 소리에 압도돼 살아가는 삶은 어떨까? 아마…… 불구가 된 느낌일 거야.」

「아직 인간 세상을 제대로 몰라서 그래. 네가 생각하는 것 이상으로 흥미로워.」

「전쟁을 하고, 밖에 나가서 노동을 하고, 뒷다리로 평형을 유지하면서 걷고, 밤에 잠을 자는 거라면 나는 관심 없어.」

피타고라스가 귀 끝을 옴찍거린다.

「이제 아무도 없으니까 지하실에 내려가 비밀을 말해 줄게.」

그가 흰 계단을 앞장서 내려가기 시작한다. 철문 앞에서 손잡이로 훌쩍 뛰어올라 힘을 주자 금세 문이 열린다. 천장 등이 작동하지 않고 환기창으로 가느다란 빛줄기만 흘러들어 오는 내부는 코앞을 분간하기 힘들 만큼 캄캄하다.

어둠 속에서 크게 확대된 내 동공에 지하실 풍경이 새겨진다. 우리 집 지하실처럼 포도주병과 신문, 먼지 앉은 고가구들이 없고 온통 금속 기계와 전기선, 파이프, 유리

병뿐이다. 새하얗게 칠해진 벽에는 얼룩 하나 없다.

나탈리가 구충을 하려고 나를 데려갔던 수의사 진료실과 비슷한 느낌이다.

피타고라스가 스테인리스 테이블에 뛰어올라 가서 앉는다.

「나는 실험용 고양이 사육장에서 태어났어.」

피타고라스가 말문을 연다.

「거기 고양이들은 오직 인간들의 과학 실험에 쓰이기 위해 세상에 태어나지. 인간들이 눈도 못 뜨는 나를 부모와 떼놨어. 나는 엄마가 누군지 아빠가 누군지도 몰라. 어릴 때 나는 지금의 너보다 더 무지했어. 인간들이 나를 데려다 놓은 형광등이 켜진 하얀 방 바깥에 다른 세계가 존재할 수 있다는 생각을 못 했으니까.」

샴고양이는 고통스러운 과거의 기억과 마주하기 위해 용기가 필요한 듯 숨을 깊게 들이쉰다.

「나는 좁은 케이지에 갇혀 정해진 시간에 특수 배합 사료를 먹고 투명한 급수기에서 흘러나오는 물을 먹었어. 인간들이나 다른 고양이들을 만난 적도 누가 쓰다듬어 준 적도 없어. 감정이나 정서적 교감 같은 건 모르고 살았지. 애정을 받아 본 적도 없어. 인간들에게 나는 하나의 물건에 불과했어. 이름도 없이 그냥 기니피그 고양이 *chat cobaye* 683번을 뜻하는 〈CC-683〉으로 불렸지. 인간들은 나를 실험실의 다른 고양이들과 구별하지도 못했을 거야. 나는 고양이 울음소리만 간간이 들리는 케이지 속에서 온종일 기다렸어.」

같은 상황에 놓인 내 모습을 상상하는 순간 섬뜩해진다.

「비교 대상이 없어서 견딜 만했어. 부당한 장애물이 더 나은 삶을 가로막고 있다고 느껴야 고통의 감정도 생기는 법이니까. 그렇지 않으면 최악의 상황에도 적응하게 마련이야. 세상이 어떻게 돌아가는지 모르니까 부당함을 못 느꼈어. 내겐 자연스러운 상황이었으니까, 케이지 밖의 세계는 내게 존재하지 않았으니까.」

「끔찍해!」

잠시 말이 없던 피타고라스가 다시 말끝을 단다.

「참, 무지한 건 진짜 편한 거야! 나는 생쥐 한 마리, 새 한 마리, 나무 한 그루 보지 못하고 살았어. 바람이 불고 비가 오고 눈이 오는 게 어떤 느낌인지도 몰랐지. 해와 달과 구름을 눈으로 본 적도 없었어. 해가 뜨는지 지는지, 낮인지 밤인지조차 몰랐어. 늘 하얗고 매끄럽고 미지근한 세계에, 자연과는 전혀 다른 실험실에 갇혀 지냈으니까. 결정을 내리거나 선택할 필요가 없으니까 실수할 위험도 없었지. 다른 존재들이 대신 삶의 결정을 내려 주는 상황에서는 자유 의지가 필요 없어. 책임지지 않아도 되니까 마음은 늘 편했어. 타의에 의해 움직여도 행복했지. 하지만 이것도 오래가진 않았어……」

피타고라스가 높은 집기 위로 훌쩍 뛰어오른다.

그를 따라 도약하는 순간, 갑자기 눈앞이 어질어질하다. 그제야 나는 수염 세 개가 불에 타 없어졌다는 사실을 발견한다. 토마와 한바탕 붙고 나서 균형 감각과 정보 수집 능력이 예전만 못했던 게 수염 때문이구나.

「지금부터 인간들이 처음으로 나한테 했던 실험에 대해 얘기해 줄게. 어느 날, 나는 전에 살던 케이지보다 두 배 큰 케이지로 옮겨졌어. 공간이 넓어진 것만으로도 기분이 좋았지. 새 케이지 가운데에 손잡이가 하나 있었어. 손잡이 위에는 전등이 달려 있었는데, 종소리가 나면 전구에 빨간 불이 들어왔지. 불빛이 깜빡깜빡하면서 소리가 나니까 왠지 내가 반응을 보여야 할 것 같아서 손잡이로 다가가 두 발로 꾹 눌렀지. 놀랍게도 사료가 한 알 떨어지더라. 처음엔 냄새만 맡다 살짝 깨물어 보니까 닭 간맛이 나고 되게 맛있었어. 그때까지 먹던 사료와는 비교가 안 될 정도로.」

피타고라스가 잠시 뜸을 들이다 말을 잇는다.

「조금 있으니까 다시 종소리가 울리면서 빨간 불이 들어왔어. 그래서 아까처럼 다시 손잡이를 눌렀더니, 어, 사료가 또 떨어지는 거야. 그렇게 다섯 번을 반복하고 나니까 작동 원리가 아주 단순해 보였지. 그런데, 어느 순간부터 손잡이를 눌러도 사료가 나오지 않았어. 아무리 빨리 아무리 세게 눌러도 마찬가지였어. 도저히 이해할 수가 없었지. 다시 종소리가 나고 빨간 불은 들어오는데, 손잡이는 작동이 되지 않는 거야. 짜증이 치밀더라고. 그런데 어찌 된 영문인지…….」

「뭐?」

「……다시 종소리가 울려서 손잡이를 눌렀더니 이번엔 사료가 떨어지네. 어찌나 안도감이 들던지. 당연히 고장이 났다고 생각했거든. 그러고 나서도 계속 작동이 됐다 안 됐다 했어. 이유를 알아내려고 머리를 쥐어짰지. 머릿속에 온통 그 생각뿐이었어. 손잡이에서 멀리 떨어졌을 때 작동이 됐나? 손잡이를 세게 눌렀을 때 작동이 됐었나? 두 발로 동시에 눌렀을 때였나? 누르기 전에 울음소리를 냈을 때였나?」

「그래서 어떻게 했어?」

「그건 과학 실험이었어. 나를 대상으로 조건화 실험을 했던 거야. 종소리가 울리고 불이 들어오면 자동으로 침을 흘리게 만들어서 〈파블로프의 반사〉 원리를 확인한 거지. 그런데, 침을 흘리나 흘리지 않나가 중요한 게 아니라 내가 그런 이상한 상황을 어떻게 견디는지 보는 게 실험의 목적이었어.」

「나 같았으면 화가 나서 못 참았을 거야!」

「화가 나는 정도가 아니라 약이 올라 미치는 줄 알았어! 어떻게 해야 매번 사료가 떨어지는지 알고 싶었으니까! 사료가 나오지 않으면 펄펄 뛰면서 소리를 지르고 울었어. 철책 뒤에서 내 모습을 지켜보는 인간들을 향해 제발 좀 시스템을 고쳐 달라고 애원하는 제스처를 취했지. 배가 고파서가 아니라 그게 작동하길 원했던 거야. 언제나, 예외 없이 말이야.」

「너무 마음이 아파.」

「그 실험은 오래 계속됐어. 정말 미쳐 버리겠더라.」

샴고양이가 푸르르 몸을 턴다. 그의 눈빛이 차갑게 변해 있다.

「똑같은 실험을 당한 다른 고양이들은 다들 정신이 이

상해졌어.」

그가 환멸이 담긴 한숨을 내뱉는다.

「강한 정신력으로 무너지지 않고 버틴 게 나뿐이었다는 걸 나중에 알게 됐어.」

그가 복잡한 표정을 지으며 다시 수염을 매만진다.

「나한테 실험을 한 인간은 백발에 하얀 가운을 걸치고 몸에서 장미 향이 나는 사람이었어.」

「소피였구나?」

「그녀는 다른 실험에도 나를 썼어. 한번은 그녀가 수면에 관한 실험을 하기 위해 내가 잠든 모습을 촬영했어. 수면 중에 뇌에서 어떤 일이 벌어지는지 분석하기 위한 거였지. 우리 고양이들이 동물계에서 제일 잠도 많이 자고 꿈도 많이 꾼다는 걸 알아?」

「응, 지난번에 말해 줬잖아. 인간은 하루의 3분의 1을 자는데 우리는 절반을 잔다고.」

한 말을 또 한다고 지적한 셈인데 피타고라스는 기분 나빠 하지 않는다.

「잠을 많이 자는 덕분에 고양이는 비가시 세계에 쉽게 접근할 수 있는 것 같아.」

나는 정수리를 긁적긁적하면서 그의 입만 쳐다본다.

얼른 제3의 눈을 갖게 된 경위나 설명해 주면 좋겠는데.

「소피는 나를 대상으로 여러 가지 실험을 했어, 그때마다 내가 예민하면서도 강단 있는 실험 대상이라고 생각했대. 그래서 나한테 제3의 눈을 이식하는 수술을 하기로 결정한 거야.」

그가 정수리에 있는 연보라색 플라스틱 덮개를 들어 올린다. 전에 봤던 금속 테두리가 둘러진 직사각형 구멍이 보인다.

「〈커뮤니케이션 인터페이스〉라고 불리기도 해. 이 USB 단자는 아주 가느다란 전선을 통해 내 뇌 속 여러 곳과 연결되어 있어. 소피는 〈디지털 개구부식 경량 인터페이스 *Ouverture Électronique par Interface Légère*의 줄임말인 OEIL[1]라고 불렀어. 그녀는 이 장치를 통해 내 머릿속에 있는 그대로의 감각들을 주입하기 시작했고, 차차 음악과 이미지도 넣었어.」

「이 기계를 가지고 네 정신 속에 바로 말이야?」

「처음에는 실패했어. 머리가 아프고 구역질이 났지. 그러자 소피가 신호를 변환시켜서 넣었어. 소리와 이미지를 결합하는 데도 성공했지. 정보가 점점 매끄럽게 뇌로

1 OEIL는 프랑스어로 〈눈〉이라는 뜻. 이하 모든 주는 옮긴이의 주이다.

흘러들어 왔어. 그녀는 나한테 인간의 언어를 이해하는 방법도 가르쳐 줬어. 이런 과정을 거쳐 내가 인간 세계의 정보를 수신할 수 있게 된 거야.」

피타고라스의 비밀이 바로 이거였구나! 나는 USB 단자를 들여다보면서 냄새를 맡고 혀로 핥아 본다. 인간에 대한 정보는 아무 맛이 없네.

「7년이 걸렸어. 7년 동안 시행착오를 거듭한 끝에 마침내 인간의 지식을 고양이가 수신할 수 있게 정보 발신 채널을 생성하는 데 성공했어. 그날, 나는 신세계가 열린 느낌이었어. 인간들의 습성과 풍속, 인간들이 이룩한 문명을 비로소 이해할 수 있게 됐으니까.」

보기엔 간단하네, 머리에 구멍을 하나 뚫어서 금속과 플라스틱으로 만든 장치를 넣고 전선으로 연결한 게 다야, 그런데 이것만 있으면 인간의 〈세계〉를 이해할 수 있다고?

「우선 인간 체제의 작동 원리를 이해하기 위해 필요한 기본적이고 필수적인 정보를 수신했어. 그러고 나서 인간들의 단어와 이미지, 개념 간에 연관을 짓는 방법을 배웠어. 그동안 느낀 박탈감 때문에 닥치는 대로 암기하기 시작했지. 하나도 빠짐없이 이해하고 싶었으니까. 동물

이름과 지명, 추상적인 개념, 어휘를 빠른 속도로 저장했
어. 의미 있는 정보를 서로 연결 짓는 게 가장 어려웠어.
하나를 보면서 그걸 다른 것과 연관해서 생각하지 못하
면 이해는 불가능해지지.」

「그렇게 인간의 문명을 이해하는 데 7년이 걸렸다고?」

피타고라스가 고개를 절레절레 흔든다.

「나중에 소피가 처음 했던 실험의 의도를 설명해 주는
걸 듣고 나는 충격에서 헤어나지 못했어. 종소리가 울리
면서 빨간 불이 깜빡거릴 때 사료가 나왔다 말았다 한 게
정해진 법칙이 없었다는 거야. 내가 아무리 머리를 쥐어
짜 봤자 임의로 작동하는 시스템을 이해하기는 불가능했
다는 거지. 그걸 모르니까 다른 고양이들이 미쳐 버렸던
거야.」

「우리는 삶에서 벌어지는 모든 일에 늘 의미를 부여하
고 싶어 하니까. 어쨌든 넌 케이지 안에서 벌어지는 일을
네가 통제할 수 없다는 것을 받아들였잖아! 그런데, 인간
들은 대체 고양이를 미치게 만드는 그런 짓을 왜 하는 거
야?」

「중독 현상을 연구하는 실험이었대. 인간 암컷과 수컷
사이에 생기는 사랑의 감정을 이해하는 게 목적이었다고

소피가 말했어. 연구를 통해 그것이 일종의 감정적 중독임을 입증한 셈이지.」

「섹스가?」

「특정한 성적 파트너에 끌리는 것 말이야. 인간 암컷이 인간 수컷을 사랑의 포로로 만드는 비결이 뭘까? 누구에게나 흥미로운 주제지.」

「좋은 냄새를 풍기면 되잖아?」

「아니, 사료를 줬다 안 줬다 하는 거야. 지극히 임의적으로. 이런 암컷을 〈팜 파탈〉이라고 불러. 너무나 비합리적으로 보상의 유무가 결정되니까 수컷들이 중독에서 헤어 나오지 못하는 거야. 그러다 간혹…… 미치기도 하고.」

도저히 이해가 가지 않는다.

「실의에 빠진 남성에게 〈팜 파탈이 끼치는 영향〉을 연구하기 위해 인간들이 고양이를…… 고문한다는 말이야?」

「심리학 전문 여성 잡지에 실릴 기사를 뒷받침하기 위해 진행한 위탁 실험이었어.」

「난 말이야, 내 파트너가 이유 없이 변덕을 부리면 확실하고 꾸준히 사랑을 줄 수 있는 다른 상대를 찾아볼 거야…….」

「행복해지기 위해 절대 남에게 의존해선 안 된다는 것

을 이 실험에서 깨달았어.」

나는 피타고라스를 따라 귀를 살살 긁는다.

「그래서 나랑 사랑을 나누지 않으려는 거야? 그래서 사료도 조금만 먹고 네 밥그릇과 네 영역을 지키려고 애쓰지도 않는 거야?」

그가 인간처럼 고개를 끄덕인다.

「가진 게 없으면 잃을 것도 없어. 내가 두려운 건 한 가지뿐이야. 소유되는 것. 그래서 금욕하는 거야, 누구에게도 그 어떤 것에도 종속되지 않으려고.」

불현듯 펠릭스가 떠오른다. 섹스에 집착하다 거세되고 고양이 풀에 중독되는 바람에 본능적 반사 능력을 상실했지.

「제3의 눈이 오류 없이 작동하자 소피는 인간들이 자식을 가르치듯 나를 〈교육〉했어. 지식을 역사, 지리, 과학, 정치로 분야를 나눠서 가르쳤지. 내가 어느 정도 지식을 습득하자 소피가 기계의 성능을 개선해서 나 혼자도 얼마든지 배울 수 있는 방법을 가르쳐 줬어. USB 단자로 직접 인터넷에 접속해서 웹서핑하는 방법을 가르쳐 준 거야.」

「네 얘기에 자꾸 나오는 인터넷이라는 게 뭔지 이제 좀 말해 줄래?」

「인간들이 자신들이 가진 이미지와 영상, 음악을 올리는 곳이야. 인터넷은 세상에 존재하는 인간들의 두뇌에 저장된 기억들이 모두 모이는 일종의 집합소인 셈이지. 인간들이 죽어도 그들의 지식은 인터넷에 남아 있어.」

개념이 명확히 잡히진 않지만 나는 일단 고개를 끄덕인다.

「그때부터 나는 혼자 제3의 눈으로 인터넷에 접속해서 흥미로운 정보를 찾아다니기 시작했어. 소피한테 의존할 필요가 없어졌지.」

「그럼 발신도 가능하고 인터넷에서 얼마든지 인간 행세를 할 수 있겠네?」

「아니, 그건 불가능해. 손가락이 없으니까 자판을 쳐서 글을 쓰지 못해. 하지만 화면을 시각화해서 머릿속에 띄워 놓고 커서의 화살표를 움직이는 건 가능해. 머릿속에서 화면을 클릭해서 텍스트를 띄우고 페이지를 넘길 수 있어. 그런 식으로 음성 파일이나 비디오 파일을 재생하는 거야.」

「그럼 인간의 글자를 다 읽을 수 있겠네?」

「인간처럼 읽진 못해, 가령 책은 못 읽어. 하지만 문자의 생김새나 특정 단어를 이루는 문자들의 조합 형태는 식별할 수 있어. 그걸 해석하고 이해하는 거지.」

「인간의 언어 체계에 해당하는 이미지와 소리를 수신은 해도 발신은 못 한다는 거네?」

「어차피 우린 인간한테 가르쳐 줄 정보보다 배울 정보가 훨씬 많아!」

나 원, 알다가도 모르겠어. 박식한 줄 알았더니 어쩜 이렇게 순진한 소리를 하지.

「그런데 이제 접속이…… 끊어졌잖아. 소피까지 죽었으니 다시는 인터넷에 연결할 방법이 없는 거 아니야?」

「그래서 너한테 여기로 같이 오자고 한 거야. 지난번에 내가 일주일 동안 사라졌던 거 기억나지? 지하실에 있는 컴퓨터 없이도 인터넷에 항상 접속할 수 있게 새로운 장치를 개발하러 갔던 거야. 날 좀 도와줘, 바스테트. 고양이 발 네 개면 인간 손 하나 노릇은 할 거야.」

내가 어떻게 도와줘야 하는지 그가 설명하기 시작한다.

「소피가 이런 상황을 예견하고 미리 모바일 시스템을 개발해 놨어. 그런데 그걸 작동시키려면 먼저 이 하네스를 몸에 걸치고 스마트폰을 케이스에 꽂아야 돼.」

우리는 요령껏 발톱과 이빨을 움직여 피타고라스 몸에

하네스를 끼운다. 몸에 딱 맞게 줄을 조절해 하네스를 고정시킨 다음 케이스를 부착하고 그 안에 스마트폰을 끼운다.

스마트폰이 등에 장착되자 그가 스마트폰에 나 있는 구멍을 가리키면서 흰색 케이블 한쪽 끝에 달린 조그마한 단자를 그 구멍에 끼우라고 말한다. 케이블의 다른 쪽 끝에는 그가 〈USB 인터페이스〉라고 부르는 조금 더 큰 단자가 붙어 있다. 혼자서는 이 장치를 뇌에 연결하지 못한다고 피타고라스가 얘기한 이유를 이제야 알겠다.

내가 케이블을 가지고 스마트폰과 뇌를 연결하자 피타고라스가 장치를 작동하는 방법을 알려 준다. 일단, 발끝으로 동그란 버튼을 눌러 스마트폰을 켠다. 화면에 나타나는 화살표를 왼쪽에서 오른쪽으로 밀어 움직인다.

그리고 나서 화면 위의 작은 정사각형을 눌러 그가 〈애플리케이션〉이라고 부르는 것을 연다.

이 모든 과정이 끝나자 피타고라스가 식빵 자세로 앉아 눈을 감는다.

「잘했어. 이제 내 제3의 눈이 인터넷과 연결돼 열렸어.」

그가 차분한 목소리로 알려 준다.

「뭐가 보여?」

「아무 뜻도 없는 단어가 보여. 인간 언어로 〈구글〉이라고 발음한다는 건 알아. 이제 커서를 움직여서 웹서핑을 하면 돼.」

그의 눈이 마치 꿈을 꾸는 듯이 울룩불룩 움직인다. 그는 〈인터넷〉을 꿈꾸고 있다. 마치 다른 풍경 속에 들어간 듯 다채로운 표정들이 그의 얼굴을 지나간다. 그가 얼굴을 찡그렸다 폈다 한다.

「안젤로가 있는 곳을 찾았어.」

그가 한참 만에 입을 연다.

「안젤로의 GPS 수신기가 서쪽에 있는 불로뉴 숲에서 위치가 잡혀. 나탈리도 어디 있는지 찾았어. 그녀는 동쪽 뱅센 숲에 있어. 둘 다 파리 외곽에 있는 숲이지만 걸어서 얼마든지 갈 수 있어.」

「거기서 뭘 하고 있는 거지?」

「그거야 내가 모르지. 그건 그렇고, 나쁜 소식이 하나 있어.」

「전쟁 소식이야?」

「훨씬 나쁜 거야. 전쟁이 약화되다가 얼마 전부터 중단된 이유와 관련이 있어.」

「듣고 보니 그러네. 언젠가부터 폭발음과 비명 소리,

인간들끼리 싸우는 소리를 못 들은 것 같아.」

「그럴 수밖에. 인간들이 공포에 떨고 있으니까.」

「왜?」

「그게…… 페스트 때문에.」

「아주 옛날에 유행하다가 지금은 사라진 병이라고 하지 않았어?」

「쥐 개체 수가 급증하면서 항생제가 듣지 않는 변종 페스트가 생겼어. 지하철 통로와 하수구로 지나다니는 쥐를 잡을 방법이 없으니까 병이 계속 확산되고 있는 거야. 이제 지하 세계는 쥐들에게 완전히 장악됐어. 쥐들의 발길이 닿는 곳마다 죽음이 퍼지고 있어.」

「그 페스트 말이야……. 혹시…… 고양이한테도 해로울까?」

「모르겠어. 최근까지 그 문제를 연구한 인간 과학자들이 페스트가 고양이에게 끼치는 영향을 언급한 적은 없어. 과학자들이 페스트 증상을 제때 확인하지 못한 상황에서 사람들이 기차나 비행기 같은 운송 수단을 타고 빠른 속도로 이동하다 보니 세계 곳곳으로 병이 확산돼 이미 수천 명이 죽었어. 검역을 실시하고 확진 환자에 대한 격리 조치를 준비하는 사이에 이미 어마어마한 숫자가 감염됐어. 더 이상 안전한 곳이 없어. 전 세계 대도시는 물론 중소 도시까지 페스트가 침투했어.」

「인간 과학자들은 무슨 병이든 치료할 수 있는 줄 알았는데…….」

「대부분의 과학자들이 종교인들에게 죽임을 당한 게 문제야.」

「병을 고칠 방법을 찾아 주는 과학자들을 왜 죽여?」

「17세기를 눈앞에 두고 천문학자 조르다노 브루노가 종교 재판 끝에 화형에 처해진 이후 종교인들과 과학자들은 삶의 의미를 설명하는 방식을 놓고 치열한 경쟁을 벌여 왔어. 수적으로 우세한 데다 대중을 자극해서 흥분시킬 수 있는 종교인들이 경쟁에서 유리할 때가 훨씬 많았지. 일반적으로 신을 모시는 인간들은 지식을 좋아하지 않아. 모든 걸 신의 의지로 돌리려고 하지.」

「똑똑한 인간들이 어리석은 인간들 손에 죽는 거구나?」

「대중은 민주주의적이고 복잡한 체제를 옹호하는 자들보다 전체주의적이고 단순한 체제를 옹호하는 자들을 선호하게 돼 있어. 두려움을 앞세운 자들의 주장에 끌리는 거지. 자연에 대한 두려움, 죽음에 대한 두려움, 상상속 전능한 신에 대한 두려움.」

「얼마 전 길에서 책을 불태우는 사람들을 봤어.」

「종교인들은 예술과 섹스, 과학을 반대하는 경우가 많아. 그들은 인간이 스스로의 행동을 책임지지 않아도 복종만 하면 마음의 평화를 얻을 수 있는 세상을 제안하지.」

인간들 간의 복잡한 이야기가 이제 슬슬 지루하고 지겨워진다. 종교인들이 과학자들을 비난하든 말든 난 관심 없어. 그들이 우리를, 고양이를 존중해 주기만을 바랄 뿐이야.

「난 피곤하지 않으니까 어서 안젤로를 찾으러 가자. 서쪽 숲에 있다고 했지? 빨리 가자.」

그래, 나쁜 어미라고 자책하지만 내가 아주 무정한 어미는 아닌가 봐. 이웃 고양이를 통해 세상의 이치에 눈뜨고 숱한 시련(나보다 다섯 배나 큰 인간과 싸워서 이겼다!)을 겪으면서도 지금처럼 마음의 평정을 유지할 수 있는 나 자신이 놀랍고 대견하다. 어디 그뿐인가. 나는 지금 결의에 차 있다. 나, 바스테트는, 세상이 더 나은 방향으로 나아갈 수 있게 내 자리에서, 내가 할 수 있는 일을 찾아 최선을 다할 생각이다.

18

서쪽으로

나는 꼬리를 빳빳이 세우고 힘찬 걸음을 내딛는다.

역시 꼬리를 높이 치켜세운 피타고라스가 위풍당당한 모습으로 나란히 걷는다.

휘영청 떠 있는 보름달이 도시를 비춘다.

주변 풍경은 갈수록 어지럽고 혼란스럽게 변한다. 보도는 어수선하게 파헤쳐져 있고 도로는 곳곳이 꺼져 있다. 폭삭 주저앉아 흔적만 남은 건물들도 보인다.

하늘에서 내려다보고 있다지만 실제로 단 한 번도 본 적 없는 거인 때문에 인간들이 이렇게 삶의 터전을 파괴하는 게 말이 돼? 이게 다 과학자들을 불신하고 시기해서 벌어진 일이라고?

나무에 목이 매달린 인간들이 부지기수다. 흡사 주렁

주렁 달린 길쭉한 과일들이 까마귀 떼에 뒤덮인 형상이다. 종교와 과학의 갈등과 반목을 입증하듯 여전히 흰 가운을 걸치고 있는 시신들도 있다.

시신을 모아 쓰레기 더미처럼 높이 쌓아 놓은 곳도 있다. 여기저기 흩어져 뒹구는 시신들의 몸에 퍼진 푸릇한 수포가 시선을 끈다.

「페스트야.」

박식한 길동무가 확인해 준다.

새까만 파리 떼가 우리를 에워싸고 윙윙거린다.

쥐들이 우리를 주시한다.

도로 배수구와 하수구에서 튀어나온 쥐들이 멀리서 앞니를 드러내며 공격 태세를 취하고 있다.

「쥐들은 자기들이 인간에게 죽음을 옮긴다는 사실을 알기나 할까?」

내가 퍼뜩 떠오르는 생각을 말한다.

「다른 종을 파괴하고 있으면서 모를 리가 없지.」

「그 말은, 의도적이라는 뜻이야?」

「난 그렇게 생각해. 인간들이 몰랐을 뿐이지.」

동이 트기 전에 부지런히 움직이자며 그가 걸음을 재촉한다.

지금까지 제일 멀리 가본 곳이 집사가 일하는 공사 현장이고, 피타고라스가 〈몽마르트르 언덕〉이라고 알려 준 동네를 벗어난 적이 없는 나는 가슴이 벅차오르는 것을 느낀다.

　몽마르트르 언덕을 출발해 서쪽으로 내려가자 〈클리시 광장〉이라는 둥그런 장소가 나온다. 광장 한가운데, 폐허에 서 있는 인간 암컷을 형상화한 조각상이 하나 있다. 여자 옆에 부상을 입은 남자와 총을 든 남자가 서 있다.

　폐허로 변한 광장을 부상자들과 사망자들이 가득 메운 모습이 마치 조각상을 재현해 놓은 듯하다.

　작은 트럭 한 대가 나타나 조각상 앞에 와 서더니, 납작한 새 부리처럼 생긴 마스크를 착용한 인간들이 형광 주황색 옷을 입고 우르르 내린다.

　「저들이 입은 건 방호복이야. 페스트로부터 보호해 주는 옷이지.」

　묻지도 않았는데 샴고양이가 설명해 준다.

　인간들은 바닥에 내려서기 무섭게 쥐 떼에 둘러싸인다. 그들은 경기관총을 갈겨 쥐들을 쫓아 버린 후 광장에 널브러져 있는 시신들을 한데 모아 기름을 붓고 불을 붙인다. 시커먼 연기와 함께 벌건 불길이 하늘로 치솟는다.

「처음에는 책을 태우더니 이제는 사람을 태우네.」

내가 한마디 툭 던지자 피타고라스가 어두운 표정으로 대답한다.

「이번에는 어쩔 수 없어. 페스트가 퍼지는 걸 막아야 하니까.」

검게 타는 시신들을 바라보면서 나는 공룡의 시대가 끝난 것처럼 이제 인간의 시대가 막을 내릴 것이라고 예견하던 피타고라스의 말을 떠올린다.

겁 없이 다시 모여드는 쥐들을 향해 주황색 방호복을 입은 인간들이 불꽃을 내뿜는 무기를 휘두르기 시작한다.

「저건 화염 방사기야. 자, 지체하지 말고 얼른 가자.」

피타고라스가 앞장서 걷는다.

나는 그를 따라 담쟁이덩굴을 타고 가까운 건물의 지붕으로 올라간다.

굴뚝들 사이로 함석지붕을 걸어다니면서 나는 문득 고양이는 공중의 존재, 인간은 땅 위의 존재, 쥐는 땅 밑의 존재라는 생각을 한다.

이 생각을 반박이라도 하듯 박쥐 한 마리가 나타나 나를 공격한다.

미처 대화를 시도할(반가워요, 박쥐 씨) 새도 없이 박쥐가 날개를 퍼드덕거려 시야를 가리더니 날카로운 이빨로 내 목을 문다. 처음엔 **한** 마리 줄 알았는데 열댓 마리가 넘는 박쥐 **군단**이 순식간에 우리를 에워싼다.

피타고라스와 나는 뒷발로 서서 굴뚝에 몸을 기댄 채 날카로운 소리를 내는 검은 날개들의 공격을 막아 낸다. 나는 한 놈을 낚아채 단박에 숨통을 끊어 놓는다. 기선을 잡으면 나머지는 꼬리를 내리고 도망칠 줄 알았는데, 웬걸, 놈들은 귀를 찢는 울음소리를 내며 더 악착같이 달려든다. 후퇴하는 수밖에. 나는 박쥐를 입에 물고 피타고라스와 함께 창문이 조금 열려 있는 건물로 도망친다.

이제 창문이 박쥐들의 공격을 가로막아 줄 것이다.

안으로 들어가자 눈을 뜨고 입을 벌린 채 침대에 누워 있는 시신이 한 구 보인다. 길에서 본 인간들과 똑같이 푸릇한 수포가 온몸에 번져 있다.

악취가 진동해 숨을 쉴 수가 없다.

피타고라스가 조용한 곳을 찾아 사냥한 먹이를 먹자며 아래층으로 걸음을 옮긴다. 내가 물고 있던 박쥐를 바닥에 내려놓자 그가 먼저 머리를 뜯어 입에 넣고 우물거린다. 나도 다리를 들고 먹기 시작한다. 날개는 한 쪽씩 나눠

먹는다. 고기 맛은 쥐와 크게 다르지 않은데 씹는 맛이 아주 색다르다. 날개 역할을 하는 박쥐의 얇고 야들야들한 피부막이 고무처럼 차져서 이빨에 달라붙어 잘 떨어지지 않는다. 한참 요란하게 질겅질겅 짓씹다 보니 목이 막힐 것 같다.

우리는 포식을 하고 서로 침을 묻혀 몸단장을 해준 뒤 천천히 건물을 둘러본다. 바닥에 시체가 널려 있다. 신음 소리를 내고 몸을 움직이는 시신들도 간혹 눈에 띈다.

한 시체가 말을 걸어오지만 당연히 나는 한마디도 이해하지 못한다. 입의 움직임으로 보아 목이 마르거나 배가 고픈 게 틀림없다. 쯧쯧.

한 방에 아직 TV가 켜져 있다. 들어가서 화면을 가까이 들여다보니 녹색 제복을 입은 인간들이 흰 가운을 입은 인간들에게 총을 쏘고 있다.

「어리석은 인간들이 똑똑한 인간들을 죽이고 있네?」

「중국에서는 문화 대혁명 동안 마오쩌둥 주석이 지식인들을 모조리 숙청했어. 훗날 캄보디아에서도 문맹자들을 부추겨 배운 사람들을 죽이게 했지. 그들은 〈혁명〉이라는 이름으로 학살을 자행했어. 엘리트 집단이 제거되면 세상이 좋아질 것이라고 선동했지. 새로 권력을 잡은

지도자들은 숙청당한 사람들보다 더 부패한 집단인 경우가 많지만 변화를 기대했던 사람들은 일단 열렬히 반기게 되지. 아무리 화장술에 불과해도 말이야. 집사가 화장하는 걸 너도 봤을 거야. 입술과 뺨에 색깔이 들어간 크림을 바르면 원래 얼굴과 전혀 다르게 변하잖아.」

「좋은 혁명이 일어난 적은 한 번도 없었어?」

「성공한 경우 말이야? 없었어. 혁명 초기의 흥분과 열정이 사그라지면 대개 혼란기가 찾아와. 이때 꼭 전체주의 독재자가 등장해 질서를 바로잡지. 사람들은 비로소 안도하게 되고.」

「참, 알다가도 모르겠네…….」

「일종의 순환인 셈이지. 내가 이해한 바에 따르면 인간의 세상은 이런 방식으로 진화하는 것 같아. 먼저 3보 전진. 이 시기에는 모든 분야에서 대단한 발전이 이루어지지. 이 시기가 끝나면 흔히 전쟁 같은 형태로 위기가 찾아와. 모든 게 무너지지. 그게 2보 후퇴. 기원후 476년 로마 제국이 야만인들의 침략으로 붕괴했을 때가 이 경우에 해당해. 인간들은 1천5백 년을 기다려서야 르네상스기를 맞았어. 천 년의 공백기를 거친 후에 문학과 미술, 조각, 건축, 의학, 기술 등의 분야가 말 그대로 멈췄던 자리에서 다시 시작됐지.」

「천 년을 잃어버렸단 말이야?」

나는 코를 쓱 문지르면서 입 안에 맴돌던 질문을 던진다.

「인간들이…… 몽땅…… 죽을 수도 있을까?」

「16세기와 17세기에 페스트가 돌았을 때 인구의 절반이 죽었어. 두 번 다 강추위가 찾아오면서 재앙이 끝났지.」

「강추위? 날씨가 인간들을 구했다고?」

「그때까진 그랬어. 날씨가 살린 거야. 그러다 훗날, 1900년에 알렉상드르 예르생이라는 인간 과학자가 페스트가 〈쥐와 벼룩이 옮기는 전염병〉이라는 사실을 밝혀냈어. 병의 원인을 알아내고 효과적인 치료 약도 함께 개발했지.」

「페스트에는 약이 없다고 하지 않았어?」

피타고라스가 세게 고개를 젓는다.

「인간의 천재성을 북돋아 주면 어떤 일이 가능해지는지 내가 지금부터 보여 줄게.」

그가 눈을 감고 잠시 정신을 집중한다. 그의 등에 달린 스마트폰에서 인간의 목소리가 흘러나오기 시작한다.

「이건 또 뭐야?」

「제3의 눈으로 인터넷에 접속해서 음악 파일을 열었

어. 천상의 목소리를 가진 인간 암컷이 부르는 노래야. 〈칼라스〉라는 여잔데, 그녀는 이제 세상에 없지만 녹음된 그녀의 노랫소리를 통해 우린 여전히 그녀의 감정을 느낄 수 있어. 〈정결한 여신〉이라는 제목의 이 노래는 빈첸초 벨리니의 오페라 〈노르마〉에 나오는 곡이야.」

피타고라스의 스마트폰에 내장된 작은 스피커를 통해 음악 소리가 점점 또렷이 들린다. 처음에는 고양이 울음소리처럼 들려 깜짝 놀란다. 노랫소리는 굽이치고 진동하면서 공기 중으로 퍼져 나간다. 스마트폰을 가까이 들여다보니 흑백의 얼굴이 눈에 들어온다. 코가 긴 인간 암컷.

어쩌면 이렇게 아름다운 소리가 나올까.

피타고라스가 인간 문명의 유산을 그토록 지키려는 이유를 알 것도 같다. 칼라스라는 여자의 목소리가 서서히 고음을 내자 다른 인간들이 합창으로 후렴을 부르기 시작한다.

이 묘한 느낌은 뭘까. 노랫소리가 내 몸속에 불러일으키는 파장, 이것의 정체는 뭘까. 마치 완벽한 갸르릉 소리처럼 내게 에너지를 불어넣고 있어.

「이제 내가 인간들한테 감탄하는 게 뭔지 알았을 거야.」

피타고라스의 목소리에서 비장함마저 느껴진다.

이 모든 것이 사라질 수도 있다는 생각이 드는 순간 나는 가슴에 뻐근한 통증을 느낀다.

「이렇듯 인간은 예술의 중요성을 깨달았어.」

그가 덧붙인다.

「아무 데도 쓸모가 없어. 먹는 데도 잠을 자는 데도 영토를 정복하는 데도. 예술은 무용한 행위야, 그런데 그게 바로 예술의 강점이지. 인간과 달리 공룡은 예술의 흔적을 남기지 못했어.」

한동안 황홀하게 흐르던 음악이 멎는다.

「벨리니의 〈정결한 여신〉처럼 아름다운 곡을 칼라스처럼 매혹적으로 부를 수 있는 암고양이가 있어야 우리가 인간과 맞먹을 수 있어.」

피타고라스가 방구석에 있는 이상한 모양의 가구를 향해 걸어간다. 그가 가구 덮개에 앞발을 얹어 들어 올리는 시늉을 하며 나한테 도움을 요청한다.

덮개가 올라가자 백여 개의 흰건반과 검은건반이 보인다. 피타고라스가 건반에 뛰어올라 걸어다니기 시작한다. 건반을 밟을 때마다 조금씩 다른 소리가 난다. 소피네 집 TV에서 봤던 「아리스토캣」의 장면이 떠오른다.

불협화음이 차차 조화로운 화음으로 바뀐다. 피타고라스가 가구에서 흘러나오는 음을 따라 야옹 멜로디를 흥얼거린다.

「뭐야 이건?」

「〈피아노〉야. 건반으로 올라와, 바스테트.」

그는 악기 왼쪽을 밟고 다니며 저음을 내고 나는 반대쪽에서 폴짝폴짝 뛰며 고음을 낸다. 나는 발로 같은 건반을 계속 누르면 곡이 만들어진다는 사실을 깨닫는다.

샴고양이가 노래를 부른다. 나도 덩달아 흥이 나서 야옹야옹 가락을 뽑는다.

그는 저음을 내면서 노래를 부르고 나는 고음으로 화음을 넣으면서 건반을 밟는다.

아무도 우리를 방해하지 않는다. 우리의 노랫가락은 거리로, 쥐들과 쓰레기 더미 위로, 인간들의 상처 입은 도시의 폐허 위로 울려 퍼지고 있을 것이다. 혼란 속에 찾아온 짧은 은총의 시간.

한참 연주를 하고 노래를 부르다 보니 마음이 단단해지고 자신감이 생긴다. 우리는 기분 좋게 피곤해진 몸을 인간들의 침대에 누인다.

나는 칼라스가 내 목과 배를 쓰다듬어 주는 꿈을 꾼다.

몸과 마음이 완벽히 조화를 이룬 상태에서 나는 중얼거린다. 〈영혼이 머무르고 싶게 만들려면 육체를 잘 보살펴야 한다.〉

19

불로뉴 숲

잠에서 깨는 순간 머리에 동그란 돌조각 같은 결정체가 하나 박혀 있는 느낌이 든다. 인간들이 벌이는 전쟁 때문인지 쥐와 페스트에 대한 공포 때문인지 집에서 너무 멀리 떠나왔기 때문인지 알 수 없다. 칼라스의 노래가 남긴 감동의 여운인가. 혹시, 어제 먹은 박쥐가 잘못돼서 그런가. 안젤로가 눈앞에 아른거린다. 보고 싶어.

「여기 계속 있을 순 없어.」

눈을 감고 명상에 들어간 피타고라스가 말한다.

그는 지금 제3의 눈으로 인간의 인터넷에 접속해 지식의 샘에서 정보를 길어 올리는 중이다.

「쿠르셀 대로를 걸어 에투알 광장까지 올라간 다음 포슈 대로를 쭉 따라가면 불로뉴 숲이 나올 거야.」

우리는 박쥐들의 공격을 피해 지상으로 이동하기로 결정한다.

피타고라스와 나는 인적이 끊긴 도시를 빠른 걸음으로 걷는다.

길 왼편에 잔디밭과 작은 숲이 어우러진 녹지가 나타난다. 피타고라스가 옆에서 몽소 공원이라고 일러 준다.

우리는 잠시 걸음을 멈추고 연못에서 시원하게 목을 축인다. 코를 맞비비고 서로 몸을 핥아 준다. 친밀함을 확인하는 이 짧지만 다정한 제스처가 힘든 마음을 어루만져 준다.

다시 길에 오른다.

멀리 내다봐도 시야에 아무것도 들어오지 않아 우리는 안심하고 텅 빈 도로를 질주하기 시작한다. 네발로 땅을 차면서 달리는 이 기분! 척추가 꿈실꿈실하고 꼬리는 바람을 가르며 몸의 균형을 잡는다. 바람이 휘파람을 불면서 지나가면 수염이 납작 눕고 귀는 뒤로 젖혀진다.

넓은 곳이 나오자 피타고라스가 테른 광장이라고 얘기해 준다. 우리는 에투알 광장으로 이어지는 바그람 대로를 따라 걷는다.

감정이 무뎌진 탓인지 아스팔트를 뒤덮은 시신들과 부

상자들을 봐도 아무렇지 않다.

나는 집사 생각을 하면서 그녀가 위험을 피해 동쪽 숲에 가 있기를 빈다.

쥐들이 하나둘씩 모여들어 분위기가 험악해지기 시작한다. 우리는 다시 걸음을 재촉해 불로뉴 숲 전에 나오는 마지막 직선 코스인 포슈 대로로 접어든다.

안개가 내리자 시야가 서서히 좁아진다. 그림자가 어릿거리더니 개 떼가 모습을 드러낸다.

우리는 우뚝 서서 그들을 응시한다.

그들도 놀란 듯 걸음을 멈추고 우리를 바라본다.

제각각으로 생긴 개들이 우리를 노려본다. 다리와 주둥이 털이 짧게 깎인 작은 흰색 개, 다이아 목걸이를 걸고 있는 검둥개, 주둥이가 쪼뺏하고 다리가 짧은 덩치 큰 밤색 개, 베이지색 털을 길게 기른 우람한 개, 꼬리가 뾰족하게 생긴 송아지만 한 바둑이, 나무 밑에서 피타고라스를 위협했던 개와 비슷한 개. 털이 덥수룩하고 지저분한 개들은 하나같이 상처 입은 다리를 절뚝거리거나 침을 흘리고 있다. 꼬리를 살랑살랑 흔드는 걸 보니 조짐이 좋지 않다. 심심하던 차에 잘 만났다 싶은 건가.

나는 어쨌든 소통을 시도하기로 마음먹는다.

안녕…… 개들아…….

녀석들이 인사를 받아 주기는커녕 컹컹 짖어 대면서 돌진해 온다. 우리는 적대적인 파동을 분명히 감지하고 안개 속으로 뛰어 달아난다.

개 무리가 우리를 뒤쫓기 시작한다.

소리로 가늠해 보아 곧 따라잡힐 것 같다.

우리는 구세주처럼 나타난 가로등으로 뛰어오른다. 연결해서 건너뛸 수 있는 높은 곳이 주변에 없지만 지금은 찬물 더운물 가릴 때가 아니다.

일단 살고 보자는 생각에 우리는 발톱으로 금속 기둥을 짚으며 올라가기 시작한다. 마땅히 잡을 곳이 없는 가로등 꼭대기의 좁은 가장자리에서 몸을 밀착해 선다. 금속 표면에 발이 미끄러져 수시로 자세를 바꿔 가며 무게 중심을 잡는다. 외줄 타기 곡예사가 드는 긴 막대처럼 꼬리가 평형을 유지할 수 있게 도와준다.

가로등 밑에서 개들이 요란하게 짖으면서 철제 기둥을 기어오르려 하지만 우리처럼 발톱이 집어넣어지지 않아 번번이 미끄러진다.

기둥을 타고 오르기는 무리라고 판단한 집채만 한 개가 가로등에 머리를 짓찧기 시작한다. 파성추가 성벽을 때리는 듯한 강한 충격에 가로등이 흔들리고 우리도 균형을 잃고 이쪽저쪽으로 쏠린다. 신이 난 개들이 발악을 하면서 가로등을 흔들어 댄다.

이렇게 얼마나 더 버틸 수 있을까?

길에 쥐가 널렸는데 왜 하필 바람 쐬러 나온 고양이들을 먹으려고 그래? 마음 같아선 이렇게 얘기해 주고 싶지만 자신이 없다. 그래도 일단 시도는 해보자.

안녕, 개들아. 귀찮게 하지 않을 테니까 조용히 지나가게 해줘.

갸르릉 소리가 개들을 더 자극했는지 큰 밤색 개가 게거품을 뿜어 대며 호랑이처럼 으르렁댄다.

가슴이 저릿해져 온다. 지금 여기서 우리 둘 다 죽으면 인간의 지식을 고양이한테 전달할 가능성도 함께 사라지는 것이다.

「우리한테 일어나는 모든 일이 우리를 위한 거라는 생각은 지금도 변함이 없어?」

나는 샴고양이를 똑바로 쳐다보며 비꼬는 투로 말한다.

「응.」

그가 무표정하게 대답한다.

「우리의 적들과 우리 앞에 나타나는 장애물들이 우리의 저항력과 전투력을 확인하게 해준다는 생각도 여전해?」

「그래.」

「우리가 지금, 여기서, 죽는데도?」

「우리 영혼은 다른 경험을 하기 위해 다른 육신의 껍질로 태어나게 될 테니까. 환생할 테니까.」

「이승의 기억을 다 잊어버리면 어떡하지?」

피타고라스는 대답이 없다.

「난 널 잊기 싫어.」

「나도 마찬가지야.」

피타고라스가 드디어 속마음을 드러낸다.

나는 침을 꿀꺽 삼키며 다급하게 묻는다.

「내생에 우리가 서로 알아볼 수 있게 표지 같은 걸 주고받을 순 없을까?」

「우리가 비슷한 동물로 태어나서 가까운 동네에 살아야 가능한 얘기지.」

「그래, 칼라스의 노래, 바로 그거야! 노래를 듣는 순간 우린 전생에서 함께 그 노래를 들었다는 사실을, 노랫소리에 전율했다는 사실을 떠올리게 될 거야.」

개들은 지칠 줄 모르고 짖어 댄다. 저 엄청난 에너지는 대체 어디서 나오는 걸까? 놈들도 우리처럼 박쥐를 잡아 먹나? 아니야, 왜 미처 그 생각을 못 했을까? 놈들은 동족

끼리 잡아먹는 게 틀림없어. 야만적인 놈들.

「개들은 왜 저렇게 생겨 먹었을까?」

포효하는 개들을 내려다보면서 내가 피타고라스에게 묻는다.

「인간 주인의 의식이 스며들어서 그래. 난폭한 주인을 만나면 똑같이 난폭해지고 순하고 부드러운 성격의 주인을 만나면 또 그렇게 되는 거야. 개들이 스스로 성격을 결정하는 게 아니야.」

「그런 개들과 달리 우리는 주체적이잖아. 우리 기질을 스스로 결정하니까. 안 그래?」

「저 밑에 있는 개들은 포악한 주인들을 만난 게 틀림없어.」

몸이 서서히 균형을 잃는다. 내 야망을 이제 그만 접어야 하나.

살고 싶다.

간절히, 살고 싶다.

돌연 개 짖는 소리가 멎는다.

뒤이어 찾아온 정적이 나를 더 두렵게 만든다.

개들이 일제히 고개를 돌린다. 최면이라도 걸린 듯 시

선이 한곳에 고정된다. 사나운 개들은 벌써 귀를 세우며 공격 자세를 갖춘다. 투견 같은 송곳니를 드러내며 으르렁거리기 시작한다.

그런데 꿈인지 생신지…… 고양이 한 마리가 안개 속에서 걸어 나온다. 난생처음 보는 거대한 고양이.

맹수가 사납게 울부짖자 포효의 진동이 내 목구멍 속까지 전해진다.

내 눈을, 내 수염을, 내 귀를 믿을 수 없다.

그가 우리 쪽으로 천천히 다가온다.

금빛 갈기. 시원시원한 이목구비. 중후한 위용.

벌써 오줌을 지리거나 다급히 다리 사이로 꼬리를 말아 넣어 성기를 보호하는 개들이 눈에 띈다.

피타고라스 역시 눈앞의 실루엣에 압도당한 눈치다.

「이렇게 가까이서 보긴 처음이야.」

그는 긴장한 기색이 역력하다.

「저게 뭔데?」

「사자야. 고양잇과 중에서 몸이 커지는 방향으로 분화한 동물이지. 우리의 〈유사(類似) 조상〉이라고 보면 돼.」

그와 나는 시선을 떼지 못한다.

「불로뉴 숲 서커스의 사자 우리가 난리 통에 부서지는

52

바람에 안에 있던 사자가 달아났다는 뉴스를 인터넷에서 봤는데, 이 근방을 배회하고 있을 줄은 몰랐네.」

「서커스는 또 뭐야?」

「인간들이 동물을 길들여서 관객들이 보는 앞에서 불을 붙인 고리를 통과하게 하는 곳이야. 이름이 한니발이라지.」

「한니발? 멋진 이름이네.」

「여러 민족을 해방시킨 고대의 위대한 인간 장군의 이름에서 따온 거야.」

사자가 우리도 〈해방〉시켜 줄 수 있을까?

잠시 우왕좌왕하던 개들이 전열을 가다듬고 공격 태세에 돌입한다. 지축을 뒤흔드는 포효.

개들이 수적 우세를 이용해 사자를 에워싸고 짖기 시작한다.

개들의 관심이 분산된 틈을 타서 가로등 밑으로 뛰어내리려는 나를 피타고라스가 급히 제지한다.

어마어마한 광경이 펼쳐진다. 공격 대오를 갖춘 개들이 일제히 사자를 향해 달려든다. 20대 1. 하지만 사자는 무적의 상대다.

거대한 고양이 한 마리와 사나운 개 떼가 벌이는 혈투

가 시작된다. 맹수가 괴력을 실어 펀치를 날린다. 뒷발로 땅을 딛고 인간처럼 몸을 꼿꼿이 세워 빛나는 갈기를 흔들어 댄다.

한 방 날릴 때마다 송곳 같은 그의 발톱이 개들의 살 속을 파고든다. 요행히 날아오는 앞발을 피한 개들은 맹수의 이빨에 물려 피를 떨군다.

힘을 효율적으로 재분배하려는 듯 사자가 바닥으로 쿵 떨어지며 포효한다.

싸움이 시작된 지 채 2분도 지나지 않아 기세등등하던 개들은 모두 바닥에 쓰러진다. 작은 개들은 줄행랑을 친다.

피타고라스가 수염을 매만지면서 경탄조로 말한다.

「역시 사자는 사자네.」

차마 바닥으로 내려갈 엄두가 나지 않는다. 사지가 오그라든다.

「내려가자.」

「우리…… 우리는 아무 일 없을까?」

나는 불안한 눈빛으로 피타고라스를 바라본다.

「글쎄. 난들 어떻게 알겠어. 가서 부딪쳐 보는 수밖에.」

샴고양이가 높은 가로등에서 땅으로 훌쩍 뛰어내린다.

잠시 머뭇거리다 나도 따라 뛴다.

사자는 쓰러진 개들을 먹느라 우리는 안중에도 없다. 턱을 움직일 때마다 우두둑우두둑 뼈 씹히는 소리가 들린다.

「지금이야 바스테트, 지금이 발신 모드로 소통할 수 있는 네 능력을 시험할 절호의 기회야.」

피타고라스가 여전히 경의에 찬 눈으로 사자를 쳐다보며 내게 말한다.

「나더러 사자랑 얘기를 하라고?」

「어쨌든 사자는 우리와 제일 가까운 동물이야. 먼 친척뻘이니까. 해봐.」

나는 몸을 동그랗게 말고 정신을 집중해 갸르릉 소리를 내기 시작한다. 소리를 점점 크게 키운다.

사자는 나를 향해 귀를 살짝 돌리는 듯하다 다시 아무렇지 않게 식사에 집중한다.

그는 마치 호두를 깨물듯 개 두개골을 씹는다.

나는 다시 한번 갸르릉 소리를 내보낸다.

안녕하세요, 사자님. 우리 얘기 좀 할 수 있을까요?

사자의 귀가 다시 내 쪽으로 틀어진다. 드디어 나한테 관심을 줄 모양이다. 그의 둥글고 노란 눈이 반짝인다. 사자가 어흥 하며 약한 울음소리를 낸다.

나한테 대답하는 건가? 피타고라스가 나한테 계속 소통을 시도해 보라는 신호를 보낸다.

나는 같은 메시지를 계속 내보내다가 우린 결국 가족이나 다름없다는 사실을 상기하고는 과감하게 직접적인 소통 방식을 택한다. 야옹.

「반가워요, 한니발.」

그가 동작을 멈추고 나를 한참 쳐다보더니 입만 댔다 내려놓은 작은 개 한 마리를 물어 휙 던진다.

내가 음식을 구걸하는 줄 아는 모양이네.

「고마워요.」

박쥐를 먹은 배가 아직 꺼지지 않았지만 나는 선물을 조금 뜯어 먹는다.

「한 번 더 시도해 봐. 반드시 성공해야 돼.」

피타고라스가 옆에서 성화를 부린다.

한니발, 우릴 구해 줘서 고마워요.

나는 최대한 저음을 내면서 뜻을 전하려고 애쓴다. 분명히 메시지를 이해한 눈친데, 그는 돌아보지 않고 요란한 소리를 내며 음식만 씹어 대고 있다.

이때, 낮은숲에서 스무 마리가량의 굶주린 고양이들이

우르르 나타난다.

그들은 우리와 사자를 번갈아 쳐다보다 조심스럽게 다가와 사자가 남긴 개들의 사체를 게걸스럽게 먹기 시작한다. 사자는 떼거지 꼴인 친척들이 한심한 듯 트림을 하더니 나타날 때와 똑같이 안개 속으로 사라진다.

「내 예상이 맞았어. 우리 동족 상당수가 이곳에 몸을 피한 게 분명해.」

피타고라스가 고양이들을 안쓰럽게 바라보면서 말한다.

「안젤로도 여기 있을까?」

「인터넷에 접속해서 애의 GPS 신호가 어디서 잡히는지 지도에서 확인해 볼게.」

그가 눈을 감고 정신을 모은다. 그의 등에 달린 스마트폰 화면에 불이 들어오더니 형형색색의 선들과 구역들이 나타난다. 그가 말하는 〈지도〉인 모양이다. 빨간 점 하나가 깜빡깜빡한다. 그가 머릿속으로 보고 있는 것을 나는 스마트폰 화면으로 본다. 물론 나야 이미지들을 보기만 하고 해석은 못 하지만.

「여기서 멀지 않아. 따라와.」

피타고라스가 눈을 뜨더니 앞장서 걷기 시작한다.

우리는 아귀다툼을 벌이며 음식을 먹고 있는 고양이들을 지나 불로뉴 숲 속으로 들어간다. 새로운 땅에 발을 딛는 순간 안개가 걷히고 햇살이 나뭇가지 사이로 파고든다. 여기저기서 꾸벅꾸벅 졸고 있는 고양이들이 눈에 띈다. 낮은 나뭇가지에서 힘없이 다리를 허공으로 늘어뜨리고 있다.

「저들이 왜 여길 피난처로 삼았는지 알겠어.」

길동무가 나직한 한숨을 내쉰다.

「배수구와 하수구, 지하철 출입구가 없는 숲 같은 데가 흔치 않으니까.」

걸음을 옮기기 시작하자 수십 마리가 아니라 수백 마리의 고양이들이 하늘에 총총히 박힌 별처럼 나무들 사이에서 모습을 드러낸다.

버섯 냄새, 구수한 나무껍질과 뿌리 냄새, 축축한 흙냄새가 코에 스민다. 이런 좋은 데가 있었구나. 우리 조상들은 늘 이런 곳에서 살아왔다는 사실을 내 몸의 세포들이 기억해 내는 것 같다. 숲 전체가 파동을 내보내고 있다. 자연의 힘과 기운이 내 머릿속에서 소용돌이치는 생명의 에너지로 시각화된다. 눈을 감는 순간 모든 것이 환한 빛을 발하며 다가온다. 땅을 기어가는 벌레, 개미, 민달팽이. 하늘에 떠 있는 나비, 날벌레, 새들. 팔이 긴 거인 같은 나무들이 기어오르라고 내게 손짓하는 것 같다. 바람이 건들 불자 나뭇가지들이 오스스 몸을 떨고 나뭇잎들이 수런수런 이야기를 한다.

안녕, 나무들아.

나는 걸음을 멈추고 가까운 나무둥치에 앞발을 올려 발톱을 긁는다.

안녕, 단풍나무야.

나는 이 나무 저 나무 옮겨 다니며 소통을 시도한다.

안녕, 물푸레나무야. 안녕, 자작나무야.

발톱으로 제일 긁기 좋은 나무는 표피가 연해 쉽게 떨어지는 자작나무인 것 같아.

나는 풀숲에서 데이지를 발견하고 입으로 살짝 깨문다.

안녕, 꽃님.

머리가 꺾여 떨어진 자리에서 하얀 즙이 흘러나온다. 데이지가 대답하고 있는 게 분명해. 식물은 액상 언어로 의사 표현을 한다는 흥미로운 사실을 알았다. 나는 흰 수액을 혀끝으로 핥다가 쓴맛을 참지 못해 뱉어 낸다.

데이지야, 미안하지만 못 알아듣겠어.

나는 잠자는 고양이들 쪽으로 걸어가는 피타고라스를

다시 부지런히 뒤따라간다.

무리 속에 치즈 빛깔 새끼 고양이가 한 마리 보인다.

안젤로가 눈이 크고 노란 검은 암고양이의 젖을 빨고
있다.

내가 큰 소리로 부르자 녀석이 고개를 돌리더니 야옹,
하고 건방진 소리를 내며 낯선 암고양이에게 몸을 착 붙
인다. 내가 얼마나 소통을 못하면 내 자식이 어미보다 낯
선 암고양이를 더 좋아할까! 내가 갸르릉거리자 안젤로
가 마지못해 불퉁하게 대답한다.

집사가 제일 괜찮은 녀석을 살려 둔 줄 알았는데, 아닌
가 보네.

「안녕하세요, 마담. 제가 이 녀석 어미예요.」

「아, 그렇군요. 애가 배를 곯고 있길래 제가 거뒀어요.」

검은 암고양이가 안젤로를 내 쪽으로 밀어낸다.

나는 못마땅한 투로 야옹거리는 안젤로의 코에 젖가슴
을 갖다 댄다. 익숙한 냄새를 맡은 녀석이 못 이기는 척
젖을 빨기 시작한다. 딱딱하게 뭉쳐 화끈거리던 가슴에
서 젖이 빠져나가자 살 것 같다.

「이 숲에 모여 있는 고양이들은 누구죠?」

피타고라스가 주위를 둘러보며 묻는다.

「대부분 집사를 잃은 고양이들이에요. 도시를 배회하다 위험을 인지하고 숲이 있는 이곳으로 모여든 거죠. 지내기가 훨씬 좋으니까.」

검은 암고양이가 대답한다.

「내 이름은 피타고라스, 그리고 이쪽은 바스테트예요.」

「만나서 반가워요. 난 에스메랄다예요.」

「당신은 어떻게 여기 오게 됐어요, 에스메랄다?」

「나는 가수인 집사와 행복하게 살았어요. 폭력 사태가 일어나자 더 이상 집이 안전하지 않다고 여긴 집사가 나와 내 새끼를 차에 태우고 도망을 쳤죠. 그러다 무장한 인간들에게 잡혔어요. 녹색 옷을 입고 턱수염을 길게 기른 자들이었죠. 내 새끼와 집사는 그들 손에 죽고 나는 간신히 살아남았죠. 혼자 거리를 떠돌다가 수시로 쥐 떼의 공격을 받기도 했어요. 몸을 피할 곳을 찾다가 아기 고양이 울음소리가 나서 가보니까 이 녀석이 굶주린 상태로 배수구에서 몸을 웅크리고 있더군요. 그래서 자연스럽게 젖을 물렸는데, 녀석이 그때부터 제 곁을 떠나지 않더군요. 둘이 같이 지내다가 길에서 다른 고양이들을 만나 서쪽에 떠돌이 고양이들의 공동체가 있다는 얘길 듣고 합류하기로 마음먹었죠. 당신들은 어떤 사연으로 오게 됐어요?」

「다 비슷비슷한 사연이죠.」

나는 구구절절 사연을 늘어놓고 싶지 않아 짧게 대답
한다.

안젤로가 버릇처럼 젖꼭지를 깨문다. 서툴고 배은망덕
하기까지 한 녀석이 신기하게도 밉지 않아.

어제저녁에 실컷 먹었으니 비쩍 마른 저 암고양이보다
젖은 많이 나올 거야. 가족 귀한 줄 모르는 녀석이라도 기
름진 젖은 좋아하겠지.

「오는 길에 개 떼의 공격을 받았는데 사자 한니발 덕분
에 살았어요. 혹시 그를 알아요?」

「그럼요. 아휴, 난 그가 무서워요. 벌써 두 번이나 개들
을 공격했어요. 지금까진 우리를 지켜 주고 있고 그가 먹
다 남긴 고기도 잘 먹긴 먹었는데, 더 이상 잡아먹을 개가
없으면 우리를 공격할지도 몰라서 걱정이에요.」

「말이 나왔으니 말인데, 여기선 먹을 걸 어떻게 구해
요?」

「오리, 다람쥐, 개구리 같은 게 주식이에요. 그동안은
토끼를 많이 먹었는데, 우리가 하도 사냥을 해서 그런지
그 많던 토끼가 잘 안 보이네요. 요즘은 거미든 바퀴벌레

든 닥치는 대로 잡아먹어요.」

떠돌이 생활의 흔적을 고스란히 간직한 에스메랄다의 몸은 쥐와 개들, 그리고 동족 고양이들과의 악연이 남긴 흉한 상처로 뒤덮여 있다.

「아들 목숨을 구해 줘서 고마워요.」

나는 그녀에게 감사의 마음을 전한다.

「검은 고양이는 불행을 가져온다고 믿는 인간들이 있나 본데, 그 생각이 틀리다는 걸 당신이 입증하고 있군요.」

별일이야, 진짜! 피타고라스가 에스메랄다한테 작업을 걸잖아? 이러다 듣도 보도 못한 암고양이한테 아들도 모자라 점찍어 놓은 수컷까지 뺏기게 생겼네!

나는 얼른 끼어들어 앞으로 지낼 만한 곳을 찾아보자고 피타고라스를 재촉한다. 에스메랄다가 호수 가까이에 속이 빈 나무둥치가 남아 있을 거라고 알려 준다.

우리는 그녀의 조언대로 호수가 바라다보이는 밤나무에 거처를 정한다. 어쩐 일인지 피타고라스가 불안한 모습으로 초조하게 꼬리를 흔들어 댄다.

「고양이 군대를 결성해 쥐들한테서 도시를 되찾아야겠어.」

그가 결의에 차서 얘기한다.

「언제?」

「최대한 빨리. 한시가 급해.」

나는 그의 말을 귀담아듣지 않는다. 벌써 해가 높이 솟아서 몸을 움직이기 싫고 종일 마음도 부대낄 만큼 부대껴서 더 이상 진지한 얘기를 할 기운도 없다. 나는 안젤로에게 젖을 물린 상태에서 몸을 쭉 펴고 혼곤한 잠 속으로 빠져든다. 내가 아무리 피타고라스를 높이 평가해도 시키는 대로 무조건 할 생각은 없다. 그렇게 군대를 만들어서 도시를 되찾아 오고 싶으면 에스메랄다한테 부탁하지 그래. 얼씨구나 따라나설 텐데…….

20

폭포 위의 연설

꿈에서 에스메랄다가 칼라스처럼 노래를 부른다.

매력적인 목소리에 반한 피타고라스가 옆에서 함께 노래를 부르고 있다. 사자 한니발이 다가와 중후한 저음을 섞으며 멜로디를 따라 한다. 안젤로도 가늘게 갈라지는 높은 목소리를 보탠다. 같은 모티프가 계속 반복된다.

〈예술은 모든 것을 숭고하게 만들어. 예술을 하면 불멸의 존재가 되지.〉 꿈속에서 피타고라스가 웅변하듯이 얘기한다. 〈칼라스는 죽어서도 여전히 인터넷과 우리 꿈속에서 노래하고 있어. 우리도 예술을 통해 불멸에 도달해야 해. 우리한테는《고양이 예술》을 만들 사명이 있어. 에스메랄다는 지금 그 어려운 일을 해내는 중이야, 알았어?〉

꿈속에서 나는 신경질을 내며 그들에게 다가가 소리를

지른다.

〈나는 굳이 노래할 필요 없어. 정신 대 정신으로 온 세상과 직접 소통할 수 있으니까. 난 그런 대단한 능력을 갖고 있어. 이집트 여신 바스테트의 환생이기 때문이야.〉

나는 머리에 새똥을 맞고 놀라서 잠이 깬다.

하늘을 쳐다보니 내가 잠들어 있던 나무 꼭대기에 까마귀 수십 마리가 앉아 있다. 까마귀들도 쥐들한테 쫓겨나 갈 곳이 없나 보다. 알을 어디 감춰 놨는지 모르지만 쥐들이 찾아내 먹어 치우는 것은 시간문제다.

나는 허기를 느껴 잽싸게 나무를 타고 올라간다. 앞발을 뻗는 순간 녀석들이 약속이라도 한 듯 일제히 날아오른다. 고양이들 때문에 어지간히 고생을 해서 눈치가 빨라진 모양이다. 날 수 있으면 얼마나 좋을까.

나는 털에 지저분하게 묻은 까마귀 똥을 털어 내고 몸단장을 시작한다. 하늘에 걸린 해의 위치로 보아 정오가 한참 지난 것 같다.

나는 하품을 하면서 앞발을 길게 내뻗어 기지개를 켠다. 안젤로는 아직 곤히 자고 있는데 피타고라스는 보이지 않는다.

어쩐 일인지 다른 고양이들의 모습도 보이지 않는다.

이상하네. 나는 상황을 파악하기 위해 거처를 나선다. 바닥에 찍힌 무수한 발자국이 한 방향으로 이어지고 있는 게 보인다. 아직 선명한 발자국들을 따라가자 호숫가에 고양이들이 모여 있다.

그들의 시선이 한곳으로 높이 향해 있다. 폭포가 쏟아지는 동굴 위에 솟은 바위.

폭포수가 우르릉 쾅쾅 떨어지며 하얀 포말을 만들어내고 있다.

바위 위에 인간처럼 뒷다리로 서 있는 피타고라스의 모습이 보인다. 저런 자세로 오래 평형을 유지하는 게 가능하구나.

그의 정수리에 있는 연보라색 덮개가 좌중의 눈길을 끈다.

내가 다가갔을 때는 연설이 거의 끝나 가고 있다.

「……페스트를 퍼뜨리는 쥐들에게서 도시를 되찾아 오기 위한 군대 말입니다.」

털이 유난히 긴 페르시아고양이가 발언권을 청한다.

「이제 쥐들의 힘은 우리를 능가합니다. 외곽 순환 도로 반대편으로 가면 그들에게 당하고 말 겁니다. 제게 우리 고양이 공동체를 위한 좋은 복안이 있습니다. 피타고라스, 우리가 이곳에 무작정 머무를 수 없다는 생각은 나도 자네와 같아. 결국 먹을 게 떨어져 서로 잡아먹는 상황이 올 테니까. 이 점에 있어선 자네가 백번 옳아. 하지만……
나는 자네와는 다른 제안을 하겠네. 여러분, 여기 계속 머물지도 도시를 공격하지도 말고 서쪽으로 떠나자는 제안을 드립니다. 예전에 집사와 다녀온 적이 있는데, 시야 가득히 물이 있는 곳을 봤던 기억이 나요. 파란 물이 끝닿는 데 없이 펼쳐져 있었어요. 거기서 물고기를 실컷 먹고 왔어요. 당연히 쥐 한 마리 못 봤어요.」

「난 물이 무서워.」

고양이 한 마리가 몸을 푸들대며 말한다.

「나도 마찬가지야.」

다른 고양이가 덩달아 큰 소리로 외친다.

「나도.」

여기저기서 호응이 이어진다.

「압니다, 알아요.」

페르시아고양이가 단호한 음성으로 말한다.

「저도 옛날엔 물이 무서웠어요. 하지만 생각을 해봅시다. 쥐와 물을 놓고 하나를 선택해야 한다면, 물이 훨씬 쉬운 장애물이라고 저는 확신합니다. 더군다나 거기선

싱싱한 물고기를 실컷 먹을 수 있어요. 다들 싱싱한 물고기를 좋아하잖아요, 안 그래요? 비쩍 마른 토끼와 병든 까마귀에는 이제 우리 모두 질렸어요……. 충분히 시도해볼 만한 가치가 있습니다.」

피타고라스는 페르시아고양이의 장광설이 끝나기를 기다렸다 잠시 뜸을 들인 뒤 반박에 나선다.

「자네가 말한 〈끝닿는 데 없는 물〉은 인간 언어로 〈바다〉를 말하지. 그리고 자네가 집사를 따라갔다 왔다는 곳은 아마 도빌일 거야. 물론 거기에는 해변이 있어, 짭짤한 물도 많고 물고기도 많지. 하지만…….」

피타고라스의 말이 효과를 발휘한다. 좌중은 그가 가진 지식의 정확성에 놀라움을 금치 못하는 표정이다.

「……물고기를 잡는 게 생각처럼 쉬운 일이 아닙니다. 여러분이 굳이 도빌에 가서 차가운 바닷물에 뛰어들어 정어리를 잡겠다면 저는 말릴 재간이 없어요. 더 이상 경쟁자의 제안에 반대하지도 않겠습니다.」

「그런데, 당신은 그 많은 걸 어떻게 알아요?」

암고양이 하나가 묻는다.

「나는 지식에 접근이 가능해요.」

「어떤 〈지식〉 말이에요?」

「시간과 공간을 모두 아우르는 인간 세계의 지식이죠.」

「어떻게 그게 가능해요?」

「여러분 눈에 보이는 제 정수리에 붙은 이것이 정보를 제공해 줍니다. 저의 제3의 눈이죠.」

피타고라스가 머리를 숙이며 연보라색 덮개를 들어 올리자 뇌 속으로 뚫려 있는 완벽한 직사각형 모양의 구멍이 보인다.

「이 부속체 덕분에 저는 여러분이 차마 상상도 못 하는 것을 알 수 있습니다.」

좌중은 다시 찬물을 끼얹은 듯 조용해진다.

길고양이 하나가 침묵을 깨고 발언한다.

「당장 다 굶어 죽게 생겼소. 당신이 말하는 지식이 배고픔을 해결해 주지 못하면 아무 소용이 없는 거요.」

피타고라스가 앞발을 내려 안정된 자세를 취하고 나서 설명을 시작한다.

「우리가 예전처럼 다시 우리 운명의 주인이 되면 됩니다. 우리의 유일한 적인 쥐들은 여러분이 생각하는 것만큼 강하지 않아요. 그러니 두려움을 떨치고 저를 믿어 주세요. 우리는 고양이 군대를 결성해서 그들과 싸워 이겨야 합니다.」

「머리에 구멍이 뚫린 야위고 늙은 샴고양이, 대체 당신 정체가 뭐요?」

「여러분 앞에 떳떳하니까 숨김없이 다 말씀드리죠. 저는 실험실에서 실험용 고양이로 살다가 한 인간 암컷을 설득해서 다행히 그 감옥을 빠져나올 수 있었습니다. 그녀는 여러분이 보는 제3의 눈을 정수리에 달아 주고 저를 가르쳐 주었습니다. 그녀 덕분에 인간의 역사를 배우게 됐죠. 제가 생각하는 가장 흥미롭고 지혜로운 역사적 인물의 이름을 따서 이름도 직접 지었습니다. 피타고라스라고 말이죠.」

고양이들의 귀가 살짝 위로 선다. 피타고라스의 말에 점점 흥미를 느낀다는 증거다.

「당신 이름을 직접 골랐단 말이에요?」

벵갈 암고양이 하나가 경탄을 금치 못한다.

「그 피타 어쩌고 하는 인간이 누군데요?」

궁금증을 견디지 못한 다른 암고양이가 묻는다.

「피타고라스는 지금으로부터 2천5백 년 전에 살았던 인간이에요. 혜안을 지닌 그는 인간 사회가 폭력과 어리석음, 공포에 빠지자 동족들의 의식을 변화시키고 그들의 무지를 일깨워 줬어요. 피타고라스는 인간들이 단순하고 직접적인 감각의 지각을 뛰어넘어 세상을 인식하게 해줬죠. 그는 〈철학〉과 〈수학〉이라는 단어를 처음 만들고 학교를 세워 제자들을 가르쳤어요. 그의 가르침으로 똑똑해진 제자들은 다시 자신들의 지식을 전파했죠. 피타고라스는 인류를 평화와 지혜의 길로 이끌었어요. 그를 본받아 동족 고양이들을 같은 길로 안내하고 싶은 마음에 제가 피타고라스라는 이름을 택한 것입니다.」

좌중은 여전히 냉담하고 회의적인 반응을 보인다. 이들 대부분은 나처럼 피타고라스가 사용한 어휘의 뜻조차 모를 것이다.

「여러분이 할 수 있는 두 가지 선택을 말씀드리죠. 하나는, 여러분과 무관하게 벌어지는, 여러분은 원인도 결과도 이해하기 힘든 사건들을 겪으며 지금처럼 두려움 속에 사는 것입니다. 쓰레기를 뒤지고 굶주린 토끼들이나 뒤쫓으며 사는 거죠. 〈정상〉으로 돌아가게 되길 기다리면서 말이에요. 예전처럼 다시 밥그릇 수북이 사료가 담기고 안락한 의자에 몸을 뉠 수 있는 그런 날이 오길 말이죠. 다른 하나는, 여러분의 운명을 스스로 개척하는 겁니다. 군대를 결성해 도시를 되찾아 오는 것 말입니다.」

페르시아고양이가 다시 발언권을 요구한다.

「내 이름은 네부카드네자르일세. 내가 선택한 이름이 아니야. 나보다 앞서 이 이름을 가졌던 인간이 어떤 일을 했는지도 나는 몰라. 그건 솔직히 인정하지. 하지만 피타고라스, 자네 말대로 하면 백발백중 쥐들에게 패할 거야. 그건 자신 있게 말할 수 있네. 여러분, 여기 앉아서 굶어 죽지도, 시내로 돌아가 이빨의 공격을 받지도 말고 서쪽으로 가서 물고기를 잡아먹는 게 어떻겠습니까? 다시 한 번 여러분께 제안드립니다.」

「네부카드네자르, 자네가 가자는 곳은 여기서 너무 멀어. 자네를 따라나섰다가는 바닷물에 발도 담그기 전에 굶어 죽을 거야. 도빌은 여기서 수십 킬로미터나 떨어져 있어.」

「틀렸어. 내가 가봤다니까. 그렇게 멀지 않아!」

「자넨 걸어서 간 게 아니라 차를 타고 갔잖아. 그렇지? 거리를 알 턱이 없지.」

「그럼 피타고라스 자네는 어떻게 알아? 또 그 제3의 눈 덕인가?」

「물론일세. 도빌은 여기서 정확히 2백 킬로미터 거리야! 고양이가 시간당 최대한 걸을 수 있는 거리는 5킬로미터밖에 안 돼. 쉬지 않고 걸어도 꼬박 이틀이 걸린다는 계산이 나오지.」

「나한테는 자네의 그 제3의 눈이 없을지 몰라. 그리고 자네가 말한 킬로미터니 거리니 하는 게 난 뭔지 몰라. 하지만 한 가진 알지. 쥐들은 우리와 비교도 할 수 없을 만큼 숫자가 많아졌어. 고양이 군대라고 했나? 내가 장담하지. 그 군대는 필패하게 돼 있어.」

「이판사판이니 쥐들한테 식량을 훔쳐서 한번 실컷 먹어 봅시다, 배 터지게 먹어 보잔 말입니다! 물에 들어가서 고기를 잡지 않아도 되고 기다릴 필요도 없습니다. 멀리까지 갈 필요가 없단 말입니다.」

이번에는 피타고라스의 설득이 먹혔나.

「어디로 갈 생각인데요?」

벵갈 암고양이가 눈을 반짝이며 묻는다.

「우리가 당장 먹을 수 있는 신선하고 깨끗한 음식이 대량 저장돼 있는 곳을 어젯밤에 찾아냈어요.」

「어디에요? 말해 봐요.」

「여기서 멀지 않아요. 불과 몇백 미터 거리예요.」

「상한 고기와 구더기가 들끓는 사체가 아니라는 말이죠?」

「사료와 우유, 참치 통조림과 연어 통조림 같은 게 거

74

기만 가면 얼마든지 있어요.」

다시 뾰족한 귀들이 옴찍옴찍하며 연사인 피타고라스 쪽으로 향한다. 배고픔에 장사 없다는 증거.

「맛있게 배불리 먹을 수 있어요.」

피타고라스가 끈질기게 동조를 구한다.

네부카드네자르 역시 지지 않고 결연하게 말한다.

「쥐들하고 한바탕 붙으니 난 오래 걸어도 자네가 〈바다〉라 부르는 데 가서 물고기를 잡는 편을 택하겠어.」

「여기 모인 분들한테 선택권을 드리는 게 가장 간단하지. 자, 누가 저를 따라 식량 저장고로 가시겠습니까?」

무반응. 보다 못해 내가 발언에 나선다.

「제가 한마디 하겠습니다! 제 이름은 바스테트입니다. 제 이름도 제가 선택한 게 아닙니다. 그리고 여러분처럼 저도 제3의 눈이 없어요. 당연히 쥐를 무서워하죠. 하지만 저는 피타고라스를 잘 압니다. 그동안 곁에서 지켜보고 경험했기 때문에 그가 항상 진실을 말하고 한 번도 틀린 판단을 내린 적이 없다는 것을 자신 있게 말씀드릴 수 있습니다.」

반응은 여전히 냉담하다.

「당신을 따라나서게 만들고 싶으면 그 식량 저장고에

대해 자세히 얘기부터 해봐요.」

암고양이 하나가 큰 소리로 말한다.

「좋습니다. 잘 들으세요. 이 나라 인간들의 우두머리인 대통령한테는 〈엘리제궁〉이라는 집이 한 채 있어요. 그 집 지하에는 〈핵 방공호〉가 갖춰져 있죠. 전쟁에 대비해 식량을 비축해 놓은 일종의 동굴이에요.」

청중은 정보의 정확성에 혀를 내두르며 감탄한다. 유리해진 분위기에 쐐기를 박기 위해 피타고라스가 설명을 덧붙인다.

「페스트가 발견되자 대통령과 휘하의 장관들은 이 방공호에 피신하지 않고 비행기를 타고 도망쳤어요. 그러자 무장한 무리들이 엘리제궁을 약탈했죠. 하지만 홍채 인식에 의한 전자식 개폐 장치로 엄격한 보안이 이루어지는 핵 방공호에는 들어가지 못했어요. 그사이 페스트가 확산돼 인간들이 다 떠난 파리 시내를 쥐들이 점령해 버렸죠. 개들이 무리를 지어 덤벼도 당해 낼 수 없었어요.」

「맞네.」

몸이 상처투성이인 늙은 고양이가 거들고 나선다.

「쥐 때문에 까마귀와 박쥐, 비둘기, 참새가 사라졌어. 도심에 우글거리는 신종 거대 바퀴벌레도 쥐는 못 당해.

엄청나게 먹어 대니까 금세 열 마리가 백 마리가 돼 개체
수가 급속히 늘어났지. 그 많은 쥐들이 페스트를 옮기니
오죽하겠나.」

「쥐들이 어린 인간들까지 공격하더군. 쥐들의 공격을
받은 인간들이 줄행랑을 치는 걸 이 두 눈으로 똑똑히 봤
네.」

기다란 흉터가 있는 늙은 고양이의 얘기는 끝날 줄을
모른다.

「음식 저장고 얘기나 계속해 봐요.」

벵갈 암고양이가 다그치듯 말한다.

피타고라스가 즉시 말을 받는다.

「어느 날 환풍구 배관을 통해 핵 방공호에 들어갈 수
있다는 걸 어떤 쥐가 우연히 알게 됐어요. 그 쥐는 환풍구
필터를 갉아서 뜯어내고 식량 저장고로 들어갔죠.」

이제 청중 모두가 그의 말에 귀를 기울이고 있다.

「그때부터 쥐들이 길게 줄을 만들어서 음식을 밖으로
나르기 시작했어요. 그런데 일이 너무 더디니까 답답해
서 철문 옆에 있는 벽을 갉아서 구멍을 내기로 했죠. 그
어마어마한 양의 식량을 손에 넣으려고 쥐들은 지금도
부지런히 콘크리트 벽을 앞으로 갉고 있어요.」

아무 반응이 없는 틈을 타서 네부카드네자르가 재빨리 발언에 나선다.

「그렇다 치고, 어떻게 자넨 그걸 인터넷이라는 데서 알아볼 생각을 했지?」

그는 여전히 피타고라스에게 석연치 않은 마음을 가지고 있다.

「우리 집사가 발신하는 메시지를 내가 수신했어.」

「자네 집사가 자네한테 말을 했다는 뜻이야? 우리도 집사들이 우리한테 하는 얘기를 알아들을 수 있어…….」

「상세히는 모르겠지. 하지만 나는 집사의 말을 정확히 이해할 수 있어. 마치 그녀가 고양이 언어로 야옹거리듯이 말이야. 죽기 전에 그녀가 나한테 이 도시에 남은 마지막 식량이 거기 있다고 가르쳐 줬어. 군인인 남동생이 대통령 밑에서 일했기 때문에 누구보다 정확히 알았던 거지. 어젯밤에 문득 그 생각이 나서 모두 잘 때 내 제3의 눈으로 거기서 무슨 일이 벌어지고 있는지 확인해 봤어.」

「어떻게요?」

벵갈 암고양이가 놀라움을 금치 못한다.

「집사가 남동생한테 듣고 엘리제궁의 감시 카메라 시스템을 조작하는 비밀 정보기관의 프로그램에 접속하는 방법을 나한테 알려 줬어요. 그렇게 카메라 제어 장치를 통해 쥐들이 환풍구 배관으로 음식을 나르고 콘크리트 벽을 갉는 장면을 확인할 수 있었죠.」

「자네 얘기는 다 너무 복잡해, 우리가 이해할 수 없는 단어를 너무 많이 써. 물론 우리를 기죽이려는 속셈이겠지. 난 못 믿겠어. 우리한테 치명적일지도 모르는 병을 옮기는 쥐 떼를 상대해 싸우느니 이틀 걷는 편을 택하겠네.」

고양이들이 페르시아고양이 주변에 모이기 시작한다.

「피타고라스 말이 맞습니다!」

소란을 뚫고 쩌렁쩌렁 목소리가 울린다.

좌중이 소리 나는 쪽으로 일제히 시선을 돌리자 털색이 파란색에 가까운 샤르트뢰고양이가 보인다.

「내 이름은 볼프강이오. 내 이름도 내가 선택한 게 아니고 여러분처럼 나도 제3의 눈이 없소. 나는 저 샴고양이가 말한 대통령의 고양이었소.」

그가 자신을 소개하자 좌중의 관심이 집중된다.

「전쟁이 확산되자 내 집사는 방공호에 은신하지 않고 엘리제궁에서 도망쳐 버렸소. 혼비백산해서 달아나느라 나를 데리고 가는 걸 깜빡했지.」

곳곳에서 개탄의 소리가 들린다.

「인간들의 우두머리라는 자가 그랬던 거요. 나한테 늘 잘해 줬지만 죽는 걸 아주 두려워했지.」

똑같은 겁쟁이를 집사로 둔 고양이들이 여기저기서 공감을 표시한다.

「평화로운 시절에 집사가 나를 핵 방공호에 데려간 적이 있었소. 피타고라스가 음식이 가득하다고 말한 그곳 말이오. 그때 내 눈으로 직접 봤소. 다 얼마나 고급 음식이던지, 참.」

볼프강이 폭포 위로 올라가 피타고라스 옆에 자리한다. 에스메랄다가 곧장 뒤따라 올라가 그들 옆에 선다(하여튼 틈만 나면 이목을 끌려고 한다니까).

그들 뒤로 은쟁반을 하늘에 띄운 것 같은 크고 환한 달이 솟는다. 미풍이 그들의 털을 푸르르 흩어 놓는다. 반딧불이들이 까막까막하는 풍경이 마치 한 폭의 그림을 연상시킨다. 가만히 있을 수 없어 나도 바위로 뛰어올라 엘리제궁으로 향할 원정대의 일원이 되겠다는 각오를 밝힌다. 야옹.

「살기 위해선 위험을 감수할 수밖에 없어요. 여기 남아 배를 주리면서 숲에서 잠이나 잘 건가요? 물론 나도 물은 질색이에요. 대책 없이 기다리는 것 역시 질색이죠. 그래서 피타고라스와 뜻을 같이할 생각입니다!」

마음이 동요한 듯 고양이들이 웅성거리기 시작한다. 몇몇은 우리 쪽에 합류하고 일부는 네부카드네자르 옆에 가서 선다.

하지만 대부분은 입장을 유보하고 관망하는 쪽을 택한다.

「원정대는 몇 시간 뒤에 떠날 겁니다. 그때까지 다들 휴식을 취하세요.」

피타고라스가 자신을 따르기로 한 고양이들에게 말한다.

「결전의 의지와 전투력이 요구되는 일이니 겁쟁이들은 아예 따라나서지 않는 게 좋을 겁니다.」

나는 에스메랄다를 힐끔 쳐다본다.

그래, 내일 전투 중에 어수선한 틈을 타서 경쟁자를 제거하자. 그러면 문제가 간단히 해결될 거야.

아니야, 그랬다가 괜히 피타고라스의 원망을 들으면 어떡해? 차라리 피타고라스한테 인정을 받을 방법을 찾아보는 게 낫겠어.

나는 한참 머리를 굴리다 묘안을 생각해 낸다.

한니발.

사자의 지원을 받을 수 있다면 우리 군대의 전투력은

당연히 어마어마하게 향상될 것이다.

　나는 슬그머니 자리를 뜬다. 안젤로가 아직 자는지 한 번 더 확인하고 나서 우리의 구세주를 찾아 나선다.

　나는 우리가 처음 만난 장소에서 그다지 멀지 않은 숲 가장자리에서 한창 음식을 소화시키고 있는 그를 발견한다. 그에게서 짙은 야수의 체취가 느껴진다. 괜히 성가시게 했다 봉변을 당하면 어쩌지. 나는 상황의 위급함을 떠올리며 그에게 다가가 오른쪽 귀에 대고 갸르릉거린다.

　「안녕하세요, 한니발님. 얘기 좀 할 수 있을까요?」

　나는 방법을 바꿔 가며 여러 번 메시지를 내보낸다. 드디어 그의 한쪽 눈꺼풀이 천천히 들린다. 사자가 어흥 하며 짜증 섞인 소리를 낸다.

　젠장, 대화가 쉽지 않겠어. 하지만 여기서 포기할 순 없지.

　「우린 서로 소통이 가능하잖아요.」

　냉정을 되찾은 그가 투덜거린다.

　「암고양이가 왜 날 귀찮게 하는 거지?」

　확실히 사자가 우리처럼 야옹거리며 의사 표현을 하진 않는구나. 그가 한마디 할 때마다 고막이 멍멍해지지만 의사소통이 되는 게 어디야.

「한니발님, 저희가 식량을 구하러 원정을 떠나는데 한니발님 도움이 필요해요.」

「난 배가 안 고픈데.」

「그러시죠. 하지만 우린 고파요. 우린 배고파 죽겠어요.」

「개를 먹으면 되잖아. 아직 몇 마리 남았을 거야.」

「벌써 다 먹어 치웠는걸요. 먹을 게 많이 필요한데 마침 피타고라스가 신선한 음식이 보관돼 있는 창고를 발견했어요. 인간의 집 땅 밑에 있는 동굴이에요.」

「그럼 가면 되겠네.」

에라, 모르겠다. 반말로 하자.

「거기에 쥐가 득실거린대. 네가 도와주지 않으면 쥐들을 상대할 재간이 없어.」

「안타까운 일이네.」

「우릴 도와줘, 한니발, 제발 부탁이야.」

그가 머리를 가로젓는다.

「여긴 각자도생이 원칙이야. 위기 상황이라고 그게 바뀌진 않아. 더 심해지면 심해지지.」

「어떤 때는 단 하나의 존재가 진화함으로써 주변의 모든 존재가 진화하게 되기도 해. 옛날에 물고기 한 마리가

뭍에 올라와서 우리를 포함한 수천 종의 생물이 지구상
에 존재하게 된 것처럼 말이야. 지금 보면 자연스럽고 당
연한 일이지만 그건 소수가 이룩한 성과 덕분이야.」

「그렇다 쳐도…… 무턱대고 도와 달라니? 나한테 무슨
이득이 돌아오는지 말해 줄래, 고양아?」

배고프지 않은 자를 설득해 배고픈 남을 돕게 만들어
야 한다. 묘안이 없을까?

일단 공포를 미끼로 던져 보자.

「네가 우리를 도와주지 않으면 언젠가 너도 쥐들의 공
격을 받게 될 거야. 숫자를 당해 내기 힘들걸.」

한니발이 못마땅한 표정으로 구시렁거린다.

「쥐 따윈 무섭지 않아. 조용히 있고 싶은데 누가 옆에
와서 성가시게 하는 게 질색이지.」

그가 날카로운 이빨을 하나 드러내며 짜증을 낸다.

여차하면 송곳 같은 발톱을 휘두르며 덤빌 태세다. 그
러면 난 뼈도 못 추릴 거야.

그때 꼬리를 빳빳이 세운 한 무리의 고양이가 우리 옆
을 지나간다.

「쟤들은, 지금 어딜 가는 거야?」

사자가 눈을 동그랗게 뜬다.

「네부카드네자르와 그에게 동조하는 고양이들이 바다에 가서 물고기를 잡는다고 서쪽으로 떠나는 거야.」

「쟤들은 왜 너희와 함께 쥐들과 싸우지 않지?」

「도망치는 거야. 누구든 세 가지 중 하나를 선택하게 돼 있어. 싸우거나 도망치거나…… 아무것도 하지 않거나.」

사자가 한숨을 내쉬면서 그만 가라는 표시를 한다.

기대가 크면 실망도 큰 법.

상대방의 생각을 바꿔 놓지 못하면 소통에 성공한들 무슨 의미가 있을까?

그래, 일단은 시도했다는 데 의의를 두자.

21

샹젤리제 전투

불그스름하던 서편 하늘이 서서히 보라색으로 변해 간다. 흰 구름들이 노을빛에 물든다. 희미한 박명마저 사라진 하늘에 별이 하나 돋는다.

세상에 어둠이 내리면 우리 고양이들의 하루는 시작된다.

결전의 시간.

피타고라스가 나를 포함해 자신의 뜻에 동조한 열 마리의 고양이를 불러 모은다. 우리는 불로뉴 숲을 나가 포슈 대로로 접어든다. 걷다가 뒤를 돌아보니 대열이 어느새 불어나 있다. 입장을 정하지 못했던 열 마리가량이 합류한 것이다. 도시를 점령한 쥐 군단을 상대하기에는 턱없이 모자라지만 출발치고는 나쁘지 않다.

솔직히, 고양이는 개와 달라 무리를 이뤄 상부상조하며 살지 못한다. 본능적으로 개인주의자, 나아가 이기주의자의 속성을 지닌 동물이다. 그런 우리가 위험한 모험을 위해 뭉쳤다는 것 자체가 하나의 사건인 셈이다.

대열의 선두에는 이상한 모양의 장구를 등에 달고 머리에 박은 피타고라스가 있다. 그의 오른쪽에 에스메랄다, 왼쪽에 내가 나란히 서서 걷는다.

엘리제궁이 가까워지면 길 안내를 맡기로 한 볼프강이 내 옆에서 걷고 있다. 길에는 인간의 그림자도 찾아볼 수 없다.

늦게까지 깨어 있는 개들이 결연하게 행진 중인 우리 일행을 멀리서 으르렁거리며 지켜보고 있다. 개들에게 말을 할 수 있다면 연대해서 쥐들을 물리치자고 하고 싶다. 하지만, 이런 혁신적인 발상을 이해할 개가 있을까?

괜한 생각이야. 개는 다른 동물들처럼 두려움과 배고픔, 무사안일의 욕망으로 움직일 뿐이야.

아니, 일반화는 금물이야.

개들 중에도 분명히 〈좋은 개〉가 있을 거야. 수컷이든 암컷이든 〈개 바스테트〉나 〈개 피타고라스〉가 있을 거야. 아직 내 눈에 띄지 않았을 뿐이야.

하긴, 우리 중에도 어리석기 짝이 없는 고양이들이 있지. 네부카드네자르는 우리 원정대보다 훨씬 많은 동행들을 결국 죽음으로 (고양이들이 물고기를 잡으러 물에 뛰어드는 건 말이 안 되지) 내몰게 될지도 몰라.

에투알 광장이 나타난다. 불이 꺼지지 않은 장작더미에서 코를 찌르는 냄새와 함께 검은 연기가 피어오르고 있다. 나는 비운을 맞은 펠릭스를 떠올린다. 도전을 꺼리는 자의 최후.

피타고라스는 자신감에 찬 당당한 모습으로 선두에서 대열을 이끌고 있다.

에스메랄다는 변함없이 그의 옆자리를 지키며 (인정하긴 싫지만) 몹시 우아한 걸음걸이로 앞장서 걷고 있다. 나는 애인을 새치기해 갈지 모르는 그녀에게 뒤처지지 않으려고 부지런히 보조를 맞추며 걷다가 슬그머니 치고 나가 피타고라스 앞에서 엉덩이를 살랑살랑 흔든다.

눈이 달렸으면 안 볼 수가 없지.

다행히 에스메랄다는 내 속셈을 눈치채고도 경쟁적인 분위기를 만들지 않는다.

한참 뒤에 피타고라스와 얘기를 나누려고 뒤를 돌아보니 대열이 백여 마리로 늘어나 있다.

원정대는 샹젤리제 거리를 따라 내려가기 시작한다. 대로 곳곳에 차들이 방치돼 있고 여전히 불을 깜박이는 가로등들이 음울한 분위기를 자아낸다. 전면이 부서진 건물들 속 아파트 내부가 훤히 드러나 보인다. 인간들이 파괴를 위해 막대한 에너지를 쓴다는 사실이 믿기지 않는다. 문득 피타고라스가 했던 말이 떠오른다. 〈인간은 3보 전진, 2보 후퇴, 다시 3보 전진을 반복하는 방식으로 진화해.〉 어쨌든 폐허가 된 샹젤리제 거리는 지금이 〈2보 후퇴〉 단계라는 사실을 확인시켜 준다.

내가 중주파로 갸르릉거리자 에스메랄다가 금방 따라 소리를 내고 볼프강과 나머지 고양이들도 합창하듯 소리를 보탠다.

우리 몸이 발산하는 파동들이 공기를 뒤흔든다. 우리의 에너지와 힘은 조그만 벌레와 풀들에게까지 전해질 것이다.

살아 있는 인간의 모습은 아직 보이지 않는다. 왼쪽으로 방향을 꺾는 피타고라스를 따라 조금 걸어가자 엘리제궁 앞이 나온다.

원정대는 입구에 쳐 있는 철책을 넘어 대통령 궁 뜰에

모인다.

핵 방공호로 가는 지름길을 아는 볼프강을 따라 계단을 내려가자 줄을 지어 앞니로 콘크리트를 갉고 있는 어마어마한 쥐 떼가 눈에 들어온다. 벽에서 콘크리트 알갱이가 흐슬부슬 흘러내리고 있다.

쥐들이 우리를 보고 기겁을 하더니 본능적으로 방어 태세에 돌입한다. 지원을 요청하려는 듯 한 마리가 재빨리 달아난다. 우리도 즉시 공격 대열을 갖춘다.

피타고라스의 예상대로 쥐들이 이미 벽을 상당히 파놓은 상태다.

「여기서 전투를 시작했다간 문 앞의 쥐들과 계단을 통해 도착하는 응원군 사이에 끼어 협공을 받게 될 겁니다.」

피타고라스가 원정대를 향해 소리친다.

「돌아 나가 지상에서 싸워야 합니다. 그래야 뛰고 달리고 나무를 기어오르는 우리 능력을 백분 활용할 수 있습니다!」

백번 옳은 말이다. 나는 원정군에게 방향을 돌려 다시 거리로 나갈 것을 명령한다. 하지만 어둠 속에서 반짝이는 빨간 눈들이 이미 거리를 메우고 있다. 적의 응원군이 당도한 것이다. 2천 마리가 넘는 쥐 군단과 1백여 마리 남짓한 고양이군의 싸움.

우리는 한데 모여 전투태세에 돌입한다. 몸의 털을 부풀리고 송곳니를 드러내며 하악하악 소리로 적들을 위협한다.

쥐들 역시 털을 부풀리고 입으로 이상한 소리를 내기 시작한다.

「놈들이 〈이갈이〉를 하고 있어.」

피타고라스가 괴상한 소리의 정체를 알려 준다.

「쥐가 앞니를 맞비벼 면도날처럼 날카롭게 만들 때 나는 소리지.」

적들 중에서 유난히 몸집이 크고 이갈이 소리가 묵직한 놈이 눈에 띈다. 놈이 앞니를 딱딱거리면서 소리를 낼 때마다 다른 쥐들이 응답이라도 하듯 일사불란하게 움직이는 걸로 보아 우두머리인 게 분명하다. 우리 고양이들의 적인 캄비세스의 현신인 것 같아 나는 머릿속으로 놈을 〈캄비세스〉라고 부른다.

나는 날카로운 울음소리를 내기 시작한다.

그 역시 휘파람 같은 소리를 길게 뽑는다.

우리는 각자의 언어로 서로를 위협한다.

분노한 상태에서 종간 소통이 훨씬 잘 이루어지는 모

양이다.

나는 목청을 울려 지금껏 나 자신도 들어 보지 못한 소리를 낸다.

놈도 괴이한 소리를 낸다.

입에서 소리가 터져 나오자 몸에도 덩달아 자신감과 용기가 생겨난다. 하지만 대군을 상대하기에는 아군의 숫자가 턱없이 모자란다. 적들이 포위해 오기 시작한다. 이젠 빠져나갈 틈도 없다.

벌써 자신들의 선택을 후회하고 나무 위로 도망치는 고양이들이 생긴다.

볼프강이 그르릉그르릉 소리를 낸다. 공포에 떨고 있는 것이다.

에스메랄다는 결연하게 전투태세를 취한다.

아군과는 달리 적군에는 이탈자가 나오지 않는다.

나는 어쨌든 이 상황을 초래한 장본인인 피타고라스를 절박한 눈빛으로 쳐다본다.

「개전을 최대한 늦춰야겠어.」

나는 그가 이런 전략을 취하려는 이유가 도무지 짐작이 가지 않는다.

「그런다고 상황이 달라지기라도 해?」

피타고라스가 눈을 감고 제3의 눈에 접속했다 다시 눈을 뜬다.

「감시 카메라를 보니까 조만간 소중한 조력자가 나타날 것 같아.」

쥐들이 갈수록 포위를 좁혀 오는 마당에 피타고라스는 이해할 수 없는 얘기만 한다. 피를 흘리는 듯한 새빨간 눈들과 날카로운 이빨들이 육박해 온다. 수천, 수만 개의 발톱이 바닥을 긁어 대는 소리가 귀에 바짝 접근한다.

이 순간, 어둠을 찢는 포효 소리.

한니발.

전광석화로 벌어지는 전투. 사자가 갈기를 날리며 질주하기 시작하자 쥐들은 방어 태세를 갖출 새도 없이 맥없이 스러진다. 염소가 풀을 뜯듯 한니발이 쥐를 덥석덥석 서너 마리씩 입에 문다. 회색 털 뭉치들이 째지는 듯한 비명을 지르며 줄줄이 달려 올라온다. 이빨 못지않은 발톱의 위력. 맹수의 발톱이 허공을 가르며 닥치는 대로 베고 자른다. 개들처럼 쥐들도 한니발의 발톱 앞에서는 속수무책이다.

「공격 개시!」

나는 전우들을 향해 소리친다.

우리는 우두머리인 한니발을 흉내 내 전열이 흐트러진 적진으로 무모하게 돌진한다. 쥐들은 맹수의 괴력에 꼼짝없이 당하고 있다. 사자가 몸을 부르르 흔들면 이빨을 박아 넣겠다고 등에 매달려 있던 쥐들이 우수수 땅으로 떨어진다.

부드럽고 우아하게 죽음을 나눠 주는 괴물. 그의 몸놀림은 느리고 정확하며 거침없고 효율적이다. 존재의 무게만 믿고 겁 없이 덤비는 놈들을 간단히 해치운다.

한바탕의 춤.

구경꾼처럼 넋을 잃고 그를 지켜보다 어이없이 죽음을 맞는 쥐들도 있다.

쥐들이 흘린 피가 한니발의 몸을 벌겋게 물들인다. 그는 바닥에 떨어진 물컹한 과일을 짓밟듯 쥐들을 발로 으깬다. 이따금 입에 물었던 쥐를 꿀꺽 삼켜 힘을 비축한다. 벌겋게 핏물이 든 입술 사이로 촉수처럼 삐져나온 쥐들의 꼬리가 뱅글뱅글 원을 그린다. 방공호 안에 남아 있던 쥐들이 지상에 올라와 가세해도 전황은 달라지지 않는다. 하지만 쥐들은 포기를 모른다. 그들은 맹수의 갈기에 매달리고, 등에 올라타고, 두툼한 꼬리의 끄트머리를 물고 놓지 않는다.

한니발의 포효와 함께 쥐들의 지옥문이 활짝 열린다.

전투는 오래도록 계속된다. 나는 에스메랄다, 볼프강과 함께 피타고라스 곁을 지킨다. 우리는 제3의 눈으로 감시 카메라에 접속해 적의 응원군이 도착하는지 수시로 확인 중인 피타고라스를 보호한다.

샴고양이는 주변의 미세한 움직임까지 포착하기 위해 혼란 속에서도 차분하게 정신을 집중하고 있다.

이 상황에서 어떻게 저토록 초연할 수 있을까?

한니발은 힘.

피타고라스는 지식.

그리고 나는 소통?

우리 셋이 힘을 합치면 천하무적이지.

무리에서 떨어져 나온 쥐들이 싸움을 걸어온다. 쯧쯧, 상대를 잘못 골랐어. 누구든 나한테 덤비면 매운맛을 보게 돼 있지. 내가 사자는 아니지만 한니발의 기를 받아서 전투력이 보통이 아니거든. 나는 신들린 듯 앞발로 상대를 가격한다. 예리한 펀치를 날릴 때마다 날카로운 울음소리로 적의 기세를 꺾어 놓는다. 물고 찌르고 밟아 으깬다. 한 놈이 내 등에 올라타 매달린다. 나는 바닥을 굴러 놈을 몸에서 떼낸 다음 얼굴을 이빨로 물어 버린다. 내 꼬리를 무는 놈을 패대기치듯 던지면 한니발이 받아서 앞발로 꾹 눌러 밟아 버린다.

고양이 군대는 투혼을 불태운다. 죽은 쥐들이 바닥에 널브러져 있다. 쥐들이 꼬리를 내리고 하나둘 도망치기 시작한다. 우두머리인 캄비세스가 휘파람 소리를 내자 쥐들이 일제히 따라 소리를 내면서 전투를 중단하고 반대 방향으로 퇴각하기 시작한다.

「도망치는 놈들을 잡아라!」

나는 목이 터져라 소리를 지른다.

고양이군은 내 명령을 받들어 맹추격에 나선다. 우리는 패주하는 적들을 뒤꽁무니부터 차례로 치며 앞으로 나아간다.

놈들의 우두머리가 시야에 들어오는데, 그놈과 나 사이에 병사가 너무 많다. 드디어 탁 트인 (피타고라스가 나중에 콩코르드 광장이라고 말해 준) 드넓은 광장이 나온다. 이제 나와 캄비세스의 거리는 불과 몇 미터.

반드시 놈을 잡아서 내 위치를 인정받고 말겠어.

쥐들의 왕을 무찌르는 암고양이는 응당 고양이들의 여왕 대접을 받아야지.

뛰자. 놈은 내 거야.

상황을 지켜보던 에스메랄다도 놈을 뒤쫓기 시작한다. 에스메랄다가 나보다 먼저 놈을 처치하는 꼴은 못 봐!

놈의 뒤통수가 바로 눈앞에 있는데 쥐들이 갑자기 다리 쪽으로 방향을 틀기 시작한다. 패잔병들이 잿빛 강물로 뛰어든다.

나는 황급히 속도를 줄여 멈춘다. 하마터면 물에 젖을 뻔했잖아. 여기까지가 내 전투력의 한계이자 우리 고양이들의 한계다. 쥐들을 끝까지 추격하겠다고 무모하게 물로 뛰어든 전우들은 물에서도 헤엄칠 수 있는 적들에게 죽임을 당한다.

못내 아쉽지만 첫 전투에서 패하지 않은 것을 위안으로 삼을 수밖에. 어쨌든 우리 고양이 군대는 뛰어난 전력을 과시했으니까.

힘든 전투를 치르고 다들 기진맥진해 있다.

가벼운 부상만 입은 우리의 영웅 한니발은 환호하는 고양이들, 특히 그를 흠모하는 암고양이들에게 둘러싸여 있다. 암고양이들이 야옹거리며 그에게 몸을 비비댄다.

내가 감격에 겨워 갸르릉거리자 고양이들이 일제히 소

리를 낸다.

「우리가 승리했다!」

한니발도 갸르릉 소리 비슷한 굵은 소리를 낸다. 그의 우렁우렁한 소리가 어둠을 가른다.

나는 승리의 환희에 젖는다.

백여 마리의 고양이가 응원군을 꾸려 뒤늦게 전장에 도착한다.

마음 같아선 매몰차게 돌려보내고 싶지만 전력 증강을 위해서는 어쩔 수 없다. 나는 즉시 결정권자를 자처해 그들을 받아 주고 패잔병들을 먹을 수 있게 시혜를 베푼다. 막상 나는 만감이 교차해 입맛이 없다. 도저히 뭘 먹을 정신이 아니다.

피타고라스가 다가와 나를 한쪽으로 데려가더니 걱정스럽게 묻는다.

「혹시 페스트 증상이 있는 거 아니야? 어지럽고 몸이 화끈거리거나 떨리지 않아? 페스트가 우리한테 해로운지 아닌지 확인도 안 된 상황에서 페스트를 옮기는 쥐들과 접촉했잖아.」

나는 몸의 소리에 가만히 귀를 기울여 본다. 딱히 이상한 느낌은 없다. 내 몸속을 순환하는 생명의 에너지가 감지된다.

「컨디션은 아주 좋아.」

나는 자신 있게 대답한다.

「좀 더 지켜봐. 우리도 얼마든지 감염될 수 있어.」

「어차피 난 당장 죽어도 여한이 없어. 최고의 순간을 경험한 감격을 간직한 채 죽을 테니까.」

볼프강의 안내를 받아 우리와 함께 핵 방공호 앞으로 간 한니발은 쥐들이 뚫다 만 방호문 옆 벽에 기꺼이 구멍을 내주겠다고 한다.

쥐 떼가 앞니로 갉아 푸슬푸슬해진 콘크리트를 맹수가 송곳 같은 발톱으로 벅벅 긁다가 앞발로 한번 치자 회색 덩어리가 마분지처럼 떨어져 나간다.

뻥 뚫린 구멍 너머에 어둠에 잠긴 방이 모습을 드러낸다. 빛 한 점 없어도 후각으로 감지할 수 있다. 죽음과 질병, 부패의 기미가 없는 청결한 공간. 오히려 소독약 냄새가 코를 물씬 찌른다. 그 속에 희미하게 섞여 있는 음식 냄새.

출입문의 위치를 가리키는 붉은 표시등들이 깜박이는 실내로 들어서는 순간 내 동공이 커진다. 어둠 속에 갖가지 상자와 병, 자루가 가지런히 정렬되어 있다. 우유와 파테 통조림을 발견한 고양이들이 낑낑거리며 뚜껑을 열어 먹기 시작한다.

피타고라스는 잔칫집 같은 분위기에 휩쓸리지 않고 나를 빤히 쳐다보고 있다.

나는 그와 눈을 맞추며 야옹, 하고 소리를 낸다.

이심전심. 우리는 갸르릉거리며 뺨과 코를 맞비빈다. 나를 보는 그의 눈빛이 달라져 있다.

「여기 말고.」

우리는 정신없이 엘리제궁 계단을 오른다. 끝이 보이지 않는 복도와 큰 방을 수없이 지나자(나도 피타고라스처럼 뛰어올라 적당히 몸무게를 실으면서 손잡이를 눌러 문을 열 수 있으면 얼마나 좋을까) 금박 장식물과 벽걸이천, 미술 작품, 고급 장식 가구가 가득한 넓은 공간이 나온다. 폭신하고 아롱아롱 휘황찬란한 카펫이 바닥에 깔려 있다.

마침내 피타고라스가 방 하나를 가리키더니 나를 안으로 데리고 간다. 방 한가운데 황금빛 천으로 덮인 침대가 놓여 있다.

「인터넷에서 여길 찾았어. 프랑스 대통령의 캐노피 침

대에서 너와 사랑을 나누고 싶어서.」

그가 나를 뚫어지게 응시한다.

우리는 매트리스에 뛰어올라 가 아기 고양이들처럼 엉
겨 붙어 뒹굴고 깨물면서 짓궂게 장난을 친다. 그가 나를
시트 밑으로 끌어들이자 시트가 봉긋이 솟는다. 그가 인
간처럼 내게 키스를 해 온다. 입속의 이물감을 극복하는
순간 기분이 좋아진다. 그는 인간 흉내를 내며 젖꼭지를
간지럽히고 앞발로 나를 끌어안는다.

나는 그가 하는 대로 지켜본다.

내가 기다리다 못해 엉덩이를 내밀자 그는 올라타기는
커녕 앞으로 하자는 생뚱맞은 제안을 한다. 그러고는 인
간처럼 쉴 새 없이 애무를 하고 키스를 한다.

내 꼬리와 자기 꼬리로 회색, 흰색, 검은색이 섞인 타래
를 엮어 장난을 치는 걸 보니 그래도 고양이긴 고양인가
보네.

그가 내 몸 구석구석 냄새를 맡는다. 그의 입술이 스칠
때마다 나는 감전된 듯 찌릿찌릿하다.

이 형벌 같은 전희는 대체 언제 끝나?

「하자, 제발!」

나는 애원하듯 소리친다.

하지만 그는 여전히 장난치듯 나를 핥고 애무하고 냄새를 맡는다. 내 온몸의 신경이 곤두선다. 그의 발이 닿기만 해도 솜사탕 같은 감미로움이 몸에 퍼진다.

「이제 가지라고, 어서!」

그는 못 들은 척 고문을 계속한다. 전희가 뭔지도 모르고 다짜고짜 몸을 파고들기부터 하던 펠릭스와는 정반대다. 내가 이렇게 조바심을 내는 걸 아는지 모르는지.

그는 너무 서서히 피치를 올린다.

아니, 지나치게 단계에 집착한다.

그가 내 몸의 방어벽을 서서히 무너뜨린다.

눈두덩에 입을 맞추더니 나를 침대에 쓰러뜨린다. 제발.

드디어 안으로 들어온다. 너무 오래 기다려서인지 생경한 경험 탓인지 순식간에 쾌감이 번진다.

내 척수가 분수처럼 빛을 뿜으며 머리로 치솟아 별을 흩뿌린다.

온몸이 떨린다, 마비된다.

나는 여전히 격렬한 감정들에 사로잡혀 있다.

예고 없이 찾아온 위험, 전쟁, 한니발, 칼라스의 노래, 공포, 전투에서 느낀 해방감, 전투에서 살아났다는 기쁨, 이 캐노피 침대, 금색 실크 시트, 신경이 끊어질 것 같던

기나긴 전희. 모든 것 뒤에 찾아온 이 순간이 기적처럼 느껴진다. 그가 내 안에 있다. 그가 목덜미를 꽉 무는 순간 더 강렬한 쾌감이 밀려온다. 나는 참지 못하고 소리를 지른다.

난생처음 맛보는 낯선 느낌.

황홀경.

내 눈에 빨간 커튼이 내려온다.

나는 내가 누구인지 잊는다. 모든 걸 잊는다. 피타고라스와 완벽히 합쳐진다. 나는 피타고라스가 되고 그는 바스테트가 된다. 시트 밑에서 우리는 다리 여덟 개, 머리 두 개 달린 하나의 존재가 된다.

그가 체위를 바꿔 〈정상적으로〉 나를 취한다. 아까와는 다른 쾌감. 그가 그릉, 소리와 함께 한 번 더 목을 무는 순간 나는 교성을 내지른다. 피타고라스는 육체적인 사랑의 방식에서조차 인간의 세계와 고양이의 세계를 잇는 게 아닐까.

여러 번 한 몸이 되는 동안 나는 하늘 높이 날아오른다.

눈 밑 커튼이 주황색, 노란색, 흰색으로 바뀌더니 갈색, 이어 검은색이 된다. 암전.

그리고 계시처럼 찾아온 깨달음.

내 안의 모든 것은 공(空)에 의해 나뉜 미세한 물질의 입자에 불과하다. 나는 근본적으로 공(空)과 입자들을 연결하는 에너지로 이루어져 있다. 그것이 내가 나로, 흩어져 있는 구름이 아니라 나라는 특정한 형태로 존재하게 해준다.

그런데 이 미세한 먼지들을 공간 속에 배열하는 것은 다름 아닌…… 생각, 내가 나 자신에 대해 갖는 생각이다.

이 생각이 나의 일관성을 유지해 주고 타인의 눈에 비치는 내 육체에 형태를 부여해 준다. 나 자신에 대해 갖는 이 생각이 있기 때문에 내가 그냥 흘러 지나가거나 세계의 다른 원자들과 섞이지 않을 수 있는 것이다.

나는 하나의 생각이다. 이것이 나의 확신이 되는 순간 타자들은 내가 차별화된 하나의 개체로서 존재한다고 믿게 된다.

나는 스스로 온전한 하나라고 믿는다.

나는 스스로 유일무이하다고 믿는다.

그러므로 나는 유일무이하다.

나는…… 내가 믿는 것이 곧 나이기 때문이다.

바로 이것이다, 이 순간 내게 찾아온 깨달음.

〈내가 믿는 것이 곧 나다.〉

그렇다면 나 자신에 대한 내 얘기가 나를 속박하게 되지 않을까.

당혹스러워지는 지점이다. 그러자 두 번째 생각이 일어난다.

〈나는 나 이상이 될 수 있다.〉

내가 첫 번째 믿음을 의심하는 순간, 감히 상상하는 순간, 내가 〈단지 나〉가 아니라 그 이상일 수도 있다는 가능성을 엿보는 순간, 내가 둘이라고, 피타고라스와 바스테트의 합일이라고 믿는 순간, 나는 확장을 겪는다. 제한된 개체로서의 내 육체는 출발점에 불과하며, 이것은 무한대로 확대되어 모든 것을 포함할 수 있다는 것을 깨달을 때까지 확장된다. 나는…… 우주 전체가 될 수 있다.

여기서 세 번째 생각이 일어난다.

〈나는 무한하다.〉

도취경. 순간 아찔해진다. 나는 황급히 이 개념을 떨쳐내고 다시 비좁고 편안한 육신의 감옥으로 도망친다. 내 정신은 뇌 속으로 되돌아온다. 생각은 이전처럼 내 몸과 감각들을 운용할 뿐이다. 나는 아직 〈무한히〉 확장될 준비가 되지 않았다. 그저 단순한 하나의 존재에 불과하다. 암고양이. 기이한 생각에 사로잡혔던 평범한 암고양이.

황홀한 찰나가 지나자 나는 내가 누구인지 다시 떠올린
다. 나는…….

「바스테트…… 바스테트!」

나를 부르는 소리. 내게 말을 거는 소리. 나는 눈을 번
쩍 뜬다.

「죽은 줄 알고 걱정했잖아.」

피타고라스가 가슴을 쓸어내린다.

「그게…… 내가 있잖아……. 뭘 깨달았는데, 순간 섬뜩
했어. 가능할 줄 몰랐거든. 나는 아직 그런 도저한 생각을
받아들일 준비가 안 됐어.」

영문을 모르겠다는 얼굴로 그가 나를 빤히 쳐다본다.
우리는 다리에 힘이 풀려 배를 위로 드러내고 나란히 눕
는다.

「분명히 네가 어딘가 달라지긴 달라졌어! 어떤 깨달음
인데?」

「우리는 공(空)이며, 우리가 스스로에 대해 갖는 생각
이 그것을 구성한다는 사실이야.」

피타고라스가 깊이 숨을 들이쉰다.

「재밌는 발상이네.」

「이 무(無)에 육체의 형태를 부여하고 개체로서의 지

각을 갖게 하는 건 바로 생각이야. 하나의 생각에 불과한
이 개체에 어떤 것이 〈생긴다〉고 우리는 믿지. 하지만 우
리가 육신의 껍데기 이상의 존재라는 사실을 지각만 해
도 우리는 무한한 존재가 될 수 있어. 우리가 스스로에 대
해 갖는 생각이 곧 우리라는 거야.」

「정말 대단하다.」

피타고라스가 놀라움을 금치 못한다.

「난 늘 네가 대단하다고 생각했어.」

「우린 서로 상호 보완적인 관겐가 봐?」

옆방에서 볼프강과 에스메랄다가 사랑을 나누는 소리
가 들린다.

「우리한테 영향을 받아서 따라 올라왔을 거야.」

내가 한마디 하자 피타고라스가 맞장구를 친다.

「사랑은 전염병처럼 퍼지는 거야. 남들이 할수록 더 하
고 싶어지지.」

에스메랄다가 쾌감에 젖어 내지르는 소리가 벽을 넘어
온다.

한참 뒤에 에스메랄다와 함께 나타난 볼프강이 우리를
조그만 벽장 앞으로 데려간다. 냉장고. 그가 손잡이를 돌

리자 선반에 빼곡한 병들이 보인다. 볼프강이 조그맣고 까만 알갱이가 들어 있는 병을 하나 집는다.

「저건 뭐야?」

내가 미심쩍은 얼굴로 묻자 피타고라스가 대답한다.

「캐비아라는 거야. 생선알이지.」

콩알 크기도 안 되는 까만 알. 생선알은 다 흰색인 줄 알았는데 아닌가 봐. 나는 조심스럽게 냄새를 맡기 시작한다. 냄새 하나는 기가 막히네. 나는 앞발을 살짝 병에 담갔다 꺼내 맛을 본다. 조그만 알갱이들이 어금니 사이에서 터질 때마다 기름지고 짭짤한 즙이 나온다. 사료와는 전혀 다른 새로운 미각적 경험. 조금 더 찍어 먹어 볼까. 먹으면 먹을수록 감칠맛이 느껴진다. 이렇게 맛있는 음식은 처음이야.

피타고라스도 나처럼 까만 생선알의 매력에 빠진 모양이다. 우리 넷은 인간들의 고급 음식을 걸신들린 듯이 먹어 댄다.

캐비아가 최고야! 이것만 먹고 살았으면 좋겠어.

나는 입맛을 쩝쩝 다신다.

내가 암고양이라는 사실이, 내가 해낸 일이 자랑스럽다.

만물은 서로 연결되어 있고 물질의 경계는 주관적인

믿음에 불과하다는 깨달음, 내가 이 깨달음에 도달했다는 사실이 자랑스럽다.

어느덧 날이 환하게 밝아 온다. 우리 넷은 입 안에 감도는 캐비아의 맛을 느끼며 나란히 몸을 붙이고 잠이 든다. 샹젤리제 대전의 여운이 가시지 않는다.

나는 행복하다.

나는 피타고라스를 사랑한다.

나는 나 자신을 사랑한다.

나는 캐비아가 좋다.

나는 우주를 사랑한다.

22

새로운 진지를 찾아서

눈두덩에 발이 하나 걸쳐진다. 누가 내 귓불을 깨문다. 모르는 척 자고 싶은데 이번엔 젖가슴에 달라붙는다. 안 젤로 녀석, 서툰 건 여전해. 깜박 잊고 있었던 아들을 자 는 동안 누가 옆에 데려다 놓은 모양이다.

나는 마지못해 눈을 뜬다. 안젤로가 젖을 빨 수 있게 자 세를 고쳐 잡아 준다.

밖에는 벌써 어둠이 내렸다. 해가 기우는 줄 모르고 곯 아떨어져 자기는 난생처음이다.

피타고라스는 벌써 일어나 창가에서 엘리제궁 정원을 내다보고 있다.

「좋은 소식과 나쁜 소식이 각각 하나씩 있어.」

그가 여전히 정면에 시선을 고정한 채 말한다.

「좋은 소식은 아무도 아프지 않다는 거야. 인간들한테 퍼지는 신종 페스트에 우리는 면역이 있다는 뜻이지. 앞으로는 걱정 말고 쥐들과 싸워도 되겠어.」

「나쁜 소식은 뭐야?」

나는 안젤로한테서 몸을 빼면서 묻는다.

「내 스마트폰 배터리가 닳아서 더 이상 인터넷이 안 돼. 마지막으로 제3의 눈을 통해 확인했을 때 살아남은 쥐들이 벌써 재집결해 응원군을 요청할 방법을 찾고 있었어. 그들이 지금 뭘 하는지, 어떤 작전을 갖고 있는지 모르지만 분명히 반격해 올 거야.」

나는 그의 곁으로 다가간다. 그런데 왠지 그가 내게 거리를 두는 것 같다.

나 역시 어젯밤 일 때문에 말을 걸기가 어색하다.

나는 방에 있는 큰 거울 앞에서 천천히 한 바퀴 돌면서 내 모습을 비춰 본다.

자고로 여신은 내가 〈모든 것〉이며 내 안에 모든 것이 있다는 사실을 늘 떠올리는 존재일 것이다. 반면 암고양이는 내 존재에 나 자신을 가둘 것이다.

그래, 내가 모든 것이라는 생각만 영원히 하고 있을 순 없어. 나는 눈을 비비면서 샴고양이와 평범한 대화를 이어 간다.

「전투에서 패한 쥐들이 감히 다시 이 근방에 오진 못할 거야.」

「올 거야.」

피타고라스가 즉시 되받아친다.

「우리가 또 이길 거야. 우리한텐 한니발이 있으니까.」

「적의 병력이 늘어날 거고 기습 효과도 더 이상 통하지 않을 거야.」

「어쨌든 우리가 승리하게 돼 있어.」

「여기 계속 머무를 순 없어.」

그가 별안간 목청을 높인다.

초조한 기색이 역력하다. 제3의 눈을 통해 얻던 귀중한 정보를 얻을 수 없으니 장님이 된 심정이겠지. 피타고라스에게 인터넷은 펠릭스의 캣닙이나 마찬가지다. 중독성 마약.

피타고라스가 방 안을 서성거린다.

「배터리와 케이블을 구하고 전기를 쓸 수 있는 휴대폰 가게를 찾아야겠어. 전기 공급에 구애받지 않고 휴대폰을 쓸 수 있게 태양 에너지로 충전이 가능한 배터리를 구할 수 있으면 더 좋겠지만. 어차피 시의 전력 설비는 조만간 무용지물이 될 거야. 이미 그럴지도 몰라.」

「〈휴대폰 가게〉라고 했어요? 설명을 들으면 찾을 수 있을 것 같은데.」

에스메랄다는 눈뜨자마자 도움이 되려고 애를 쓴다.

피타고라스가 등에 달린 장치를 가리킨다.

「어디 있는지 내가 알아. 샹젤리제 거리에서 여러 개 봤어.」

잠이 깬 대통령의 고양이가 끼어든다.

「나도 같이 갈까?」

나는 따라나설 요량으로 피타고라스에게 묻는다.

「아니, 넌 여기 있어, 바스테트. 여기서 다른 일을 도와줘.」

방 안을 서성거리던 피타고라스가 갑자기 헤어볼을 토하기 시작한다. 극도로 심기가 불편하다는 증거다.

나도 동병상련의 마음으로 헤어볼을 뱉는다.

「다시 인터넷에 접속되면 안전한 장소부터 찾아봐야겠어. 이제 우리한테는 새로운 책임이 생겼어. 우리를 따라온 고양이들을 인도할 책임 말이야. 덧없는 영광에 취해 있다 보면 필패하게 돼 있어.」

그는 계속 초조해 보인다.

「숲에 돌아가서 숨자.」

어제 먹다 남은 캐비아를 조금 건네며 내가 제안한다.

「대군에 꼼짝없이 포위당해 그야말로 사면초가가 될 거야.」

「그럼 식량을 가지고 도시를 빠져나가면 어떨까?」

「그보다는 쥐들의 공격을 막아 내기 쉬운 곳을 찾아 진지를 세우는 게 나아.」

우리는 저녁 내내 에스메랄다와 볼프강이 귀환하기를 기다린다. 그들이 자랑스럽게 입에 물고 돌아온 장비를 가지고 넷이 낑낑대며 케이블을 연결해서 배터리를 충전한다. 드디어 피타고라스가 제3의 눈을 되찾는다.

그는 즉시 인터넷의 세계로 들어간다.

우리는 그의 주변을 안절부절 서성거린다. 이 순간 그는 아주 멀리, 다른 곳에, 우리보다 높이, 인간의 마법의 물건이 열어 놓은 차원에 가 있다는 것을 나는 안다.

「찾았어.」

그가 한참 만에 입을 연다.

우리는 안도를 느끼며 그에게 다가간다.

「파리에서 터널도 하수구도 없고 지하철도 다니지 않

는 곳을 찾았어. 시뉴섬이라는 좁은 땅이야.」

「섬이라고 했어?」

「응. 강에 있는 섬.」

「우리는 수영을 못하잖아!」

나는 물에 들어간다는 생각만으로도 소름이 끼쳐 소리
를 빽 지른다.

「다리를 건너서 갈 수 있고 공격해 오는 적을 방어하기
도 상대적으로 쉬운 곳이야. 그런데 두 가지 문제를 먼저
해결해야 해. 우선 포위를 견디는 동안 먹을 음식을 시뉴
섬으로 나를 방법을 찾아야 해. 그리고 우리가 섬에 들어
가고 나면 거기로 통하는 다리들을 폭파해 버리게 인간
폭파 전문가가 필요해.」

「우리끼리 위업을 달성했는데 이번에도 인간들 도움
없이 가능하지 않을까?」

「이번 단계에선 불가능해. 미안하지만 나는 디지털 정
보를 수신할 줄은 알아도 폭약에 대해선 문외한이야.」

「나탈리가 건설 현장에 다녔어. 집을 폭파하는 걸 구경
한 적도 있고.」

「잘됐어. 우리한테 지금 필요한 사람이야.」

「하지만 집사가 어디 있는지 몰라.」

「네 목걸이로 집사를 찾을 수 있어. 네 목걸이의 GPS 수신 장치가 집사의 스마트폰과 연결돼 있고, 그 스마트폰 자체에 또 GPS 수신 장치가 내장돼 있거든. 그녀의 휴대폰이 켜져 있기만 하면 돼.」

그가 다시 인터넷에 들어갔다 나온다.

「우리 고양이들이 서쪽 숲에 둥지를 트는 동안 인간들은 동쪽에 있는 뱅센 숲에 자리를 잡았어. 인간들 중에도 특히 전쟁고아들 말이야. 나탈리도 이 공동체에 합류했어. 다행히 그들이 통신 수단을 갖고 있는 것 같아.」

「나탈리가 거기 있는 게 확실해?」

「집사와 어느 단계까지 소통이 가능하다고 했지, 바스테트?」

「얘기하는 데는 문제없었어.」

그에게 계속 멋지게 보이고 싶어 얼토당토않은 말이 입에서 나온다.

당연히, 새빨간 거짓말.

「완벽해. 너희 집사가 도와주면 우린 시뉴섬에 안전한 피난처를 만들 수 있어.」

「인간들 도움 없인 정말 안 돼?」

볼프강이 재차 확인한다.

「쥐의 숫자가 너무 많아. 우리가 죽이는 속도보다 더 빠른 속도로 번식할 거야.」

집사를 찾으러 다시 서쪽에서 동쪽으로 도시를 횡단하는 게 영 내키지 않는다. 하지만 발신 능력과 수신 능력이 아무리 형편없어도 그나마 내가 이 까다로운 임무에 가장 적임자라는 것을 안다.

「나랑 같이 갈 거지, 피타고라스? 길 안내를 정확히 받아야 나탈리를 찾지.」

「아니, 난 여기 남아서 군대를 시뉴섬으로 이동시킬 준비를 해야 돼.」

서로 동상이몽을 하고 있었네.

「그럼 나중에 어떻게 다시 만나?」

「센강을 쭉 따라오면 돼. 섬이 세 개 보일 거야. 크기가 중간인 생루이섬과 셋 중 가장 큰 시테섬을 지나면 제일 작은 시뉴섬이 나와. 놓칠 수가 없어.」

「내가 같이 갈게요. 백지장도 맞들면 낫겠죠.」

에스메랄다가 길동무를 자청한다.

「나도 같이 갈게. 둘보단 셋이 나을 테니까.」

볼프강도 덩달아 나선다.

「됐어요. 혼자 갈게요! 에스메랄다, 도와주고 싶으면 내가 없을 때 우리 안젤로나 챙겨 줘요.」

지켜보던 피타고라스가 옆으로 다가온다.

「좋아, 그럼 계획을 바꿉시다. 에스메랄다와 볼프강이 여기 남아서 우리 군대와 함께 핵 방공호를 지키고 나는 바스테트와 같이 뱅센 숲으로 가는 걸로 하죠.」

혼자 가겠다고 빡빡 우겨야 마지못해 따라나서네⋯⋯. 어젯밤 일을 잊은 거야 뭐야.

피타고라스의 진심을 모르겠어. 내 유혹에 넘어가서 부끄러운 건지. 아니면 여전히 사랑에 빠지는 게 두려운 건지.

수컷들은 도무지 이해할 수가 없어. 이런 〈까탈스러운〉 수컷은 더더욱.

23

파리 외곽 순환 도로

엘리제궁을 떠나는 순간 모험이 시작된다.

폭신폭신한 빨강 쿠션과 바삭바삭한 사료, 깨끗한 물을 뿜던 급수기, TV, 펠릭스…… 이전의 삶이 아득하게 느껴진다.

나는 담대한 도전을 위해 피타고라스와 함께 새로운 풍경 속으로 들어간다. 그동안 몰랐던 새로운 것들과 놀라운 발견들이 내 정신을 살찌우고 확장시킨다.

냄새. 소리. 만남. 이미지. 감각의 자극들.

모든 새로운 것은 나를 매료시킨다.

피타고라스는 동쪽으로 가기 위해 외곽 순환 도로를 택한다. 파리를 둥그런 띠 모양으로 두른 검은 아스팔트 도로에는 하수구와 지하철 출입구, 쓰레기 더미가 없기 때

문에 당연히 쥐 떼의 공격을 당할 위험이 적다는 판단에
서다.

포르트 마요에 다다르자 인간들이 버리고 간 수천, 수
만 대의 자동차가 도로를 메운 모습이 폐차장을 방불케
한다.

「페스트 경보가 내려지자 인간들은 공황에 빠졌어. 대
부분 문을 걸어 잠그고 집 밖에 나오지 않았지만 A13 고
속 도로를 타고 서쪽으로 탈출을 시도하려는 이들도 있
었지. 처음에는 빠져나가는 데 아무 문제가 없었지만 차
들이 몰리기 시작하면서 극심한 정체가 일어났어. 삶의
길이 죽음의 길로 변한 거지. 이런 상황에서 다들 들이받
고 받히면서 억지로 길을 뚫고 나가려다 뒤엉켜 꼼짝도
못 하게 된 거야.」

「탈출을 선택한 인간이 이렇게 많은 걸 보니 바다로 가
자고 동족들을 부추긴 인간 네부카드네자르가 있었던 모
양이네.」

피타고라스가 고개를 끄덕이며 말끝을 단다.

「A13 고속 도로도 순식간에 주차장으로 변했을 거야.」

「그래서 어떻게 됐을까?」

「도로가 난장판으로 변하니까 차 안에 갇혀 있던 운전

자들이 걸어서라도 서쪽으로 가려고 밖으로 나왔겠지. 몇 명이나 성공했는지는 모르지만…….」

피타고라스와 나는 인간과 쥐, 개를 비롯한 다른 동물들과의 접촉을 최대한 피하기 위해 버려진 차들의 지붕을 건너뛰어 이동한다. 핸들에 엎드려 있는 불쌍한 인간들과 그들 주위로 몰려든 쥐들이 눈에 들어온다.

「인육을 맛본 이상 쥐들은 거침이 없을 거야.」

피타고라스 말에 맞장구라도 치듯 멀리서 총성이 들린다. 주황색 유니폼을 입은 인간들을 태운 소형 트럭이 쥐 떼의 공격을 받고 있다. 인간들이 기관총과 화염 방사기를 들고 필사적으로 저항하지만 어마어마한 쥐 떼를 당하지 못한다. 드르륵드르륵하던 파열음이 멎고 승리를 알리는 쥐들의 찢어지는 휘파람 소리가 하늘에 울려 퍼진다.

「서둘러야겠어.」

피타고라스의 말에 불안감이 배어 있다.

「쥐들이 아직 고양이 고기 맛을 잘 몰라서 그렇지 우리가 놈들 밥상에 오르는 건 시간문제야. 다음은 우리 차례라는 뜻이야.」

피타고라스가 금속 지붕을 건너뛰는 소리가 텅텅 공중

에 울린다. 나도 덩달아 속도를 내다 몇 번이나 미끄러져 떨어질 뻔한다. 간신히 몸의 중심을 잡고 흘끔 차 밑을 내려다보면 나를 맞으려고 모여든 성미 급한 쥐들의 모습이 보인다.

정신을 바짝 차리고 착지점을 정확히 봐두어야 한다.

까마귀들이 공중을 선회하고 있다. 하루살이 떼가 낮게 내려앉아 떠다니다 얼굴에 와 부닥친다.

「허비할 시간이 없어.」

피타고라스가 다그치듯 말한다.

우리는 나란히 서서 동시에 지붕을 건너뛴다. 한 몸처럼 호흡까지 맞춰진다.

나는 뒷다리에 힘을 실으며 몸을 웅크린다, 몸을 쫙 펼치며 도약한다, 착지한다. 같은 동작을 쉬지 않고 반복하다 보니 말랑한 발바닥 살이 화끈거린다. 자동차 줄은 끝이 보이지 않고 벌써 몇 배로 불어난 쥐들이 우리에게 눈독을 들이고 있다.

절대, 절대 미끄러지면 안 돼.

한 시간 넘게 가서야 피타고라스가 쉬었다 가자며 한 트럭 안으로 들어간다.

휴식을 취하면서 그와 마주 앉아 있으니 다시 순정이

샘솟는다. (지금 나한테는 무엇보다 그의 다정한 포옹이 절실하지만) 나는 차마 안아 달라는 말은 못 하고 지난번에 하던 얘기를 마저 들려 달라고 말한다.

그는 열이 난 발바닥을 한참 핥아 식히고 나서 다리를 치켜들어 귀를 비빈다. 시간 여유가 있다는 판단을 한 피타고라스가 전에 중단한 대목에서 다시 얘기를 시작한다.

「1900년대에 들어와서는 고양이가 예전처럼 주술의 상징이 아니라 자유의 상징으로 여겨지기 시작해. 검은 고양이는 무정부주의 운동의 상징이 되지. 무정부주의 정당 활동가들은 깃발에 검은 고양이를 그려 넣기도 했어.」

「무정부주의?」

「권력을 잡은 기존의 정부를 부정하고 우두머리를 없애자는 정치적 움직임이야. 이들은 경찰과 군대, 종교는 물론 어떤 형태의 권위에도 반대하지.」

「숫자가 많았어?」

「아니, 하지만 결연했어. 왕들과 장관들, 대통령들까지 서슴없이 살해했을 정도로.」

「그들이 먹는 캐비아가 먹고 싶어서?」

「정부를 무력화하려는 무정부주의자들의 시도가 빈번

하던 중에 사라예보에서 오스트리아 황태자가 피살되는 일이 벌어졌어. 이 사건이 제1차 세계 대전을 촉발했지.」

「〈세계 대전〉이라면 말 그대로 전 세계에서 전쟁이 일어났단 뜻이야?」

「맞아. 인간들 모두가 전쟁을 하는 거야.」

「지구 곳곳에서, 모든 인간들이 예외 없이 전쟁을 했다고?」

「상대적인 격전지들은 있었지.」

「우리 고양이들은 어떻게 됐어?」

「1914년에 영국군이 독가스를 탐지하는 고양이 여단을 창설했어. 인간들이 독가스에 노출되기 전에 먼저 찾아내는 게 목적이었지.」

「인간들을 위해 또 멀쩡한 고양이들이 죽어 나갔구나…… 성공은 했어?」

「제1차 세계 대전으로 2천만 명이 사망했어. 4년에 걸친 전쟁이 끝나고 20년간 평화가 찾아왔어.」

「길었네.」

「전쟁의 상처를 모르는 새로운 인간 세대가 나오는 데 걸리는 시간이지. 그 후에 다시 히틀러라는 이름을 가진 독일 독재자가 제2차 세계 대전을 일으켜.」

「그자도 고양이를 끔찍하게 싫어한 걸로 기억하는데, 맞아?」

「그래. 그는 고양이 공포증이 있었어. 어쨌든 이 전쟁에는 더 많은 인간이, 수백만, 수천만 명의 인간이 참가했어. 한층 파괴적인 무기들이 동원되고 당연히 사망자도 어마어마하게 늘어났지.」

「딱 네가 얘기했던 3보 전진 2보 후퇴 이론이네?」

「맞아. 그러고 나서 다시 파국을 맞기 전에 3보 전진했어. 제2차 세계 대전 동안에는 6천5백만 명의 인간이 사망했어. 종전 후에도 러시아와 미국은 오랫동안 앙숙으로 지냈지만 원자 폭탄 때문에 성찰의 기회를 갖게 된 두 나라는 정면충돌보다는 〈냉전〉을 택했어.」

「차가운 눈밭에서 뒹굴며 싸웠다는 거야?」

「아니, 두 나라가 직접 맞붙지 않고 제3국에 대리전쟁을 시켰다는 뜻이야. 냉전이 한창이던 1961년에 미군은 소련 대사관을 도청하기 위해 인조 고양이를 만드는 프로젝트에 착수해. 고양이 몸에 전기와 전자 장치를 이식했지.」

「너랑 비슷하게 말이야?」

「그때는 지금처럼 전자 장치가 소형화돼 있지 않았어.

미군 과학자들은 키티라는 이름의 고양이 귓속에 마이크를 넣고 꼬리에는 금속 안테나를 넣어서 배 속의 배터리와 연결하는 수술을 했어. 일명 〈어쿠스틱 키티 작전〉이었지. 그런데 목표물 내부로 진입하게 조련된 키티를 디데이에 소련 대사관 정문에 갖다 놓으니까 명령을 어기고 도로로 뛰쳐나왔어. 조금 있다 와지끈 뭐가 깨지는 소리가 들렸지.」

「전자 장치가 고장 났구나?」

「키티가 달리던 택시에 치인 거야. 미군은 이후에도 같은 실험을 반복했어. 10여 마리의 고양이가 전자 스파이가 되기 위해 수술대에 올랐지만 한 번도 성공은 못 했어.」

「말을 더 잘 듣는 개를 골랐어야지.」

심하게 다친 인간 하나가 바닥을 기어 오더니 우리가 들어와 있는 트럭 앞 유리창으로 올라와 알아듣지 못할 말을 중얼거린다. 몸이 온통 푸릇한 수포로 덮여 있다. 나는 얘기에 정신이 팔려 그에게 마음을 쓰지 않는다.

「냉전 시대였던 1963년에 암고양이 한 마리가 우주를 비행했어. 펠리세트라는 이름을 가진 이 고양이는 캡슐에 실려 프랑스 로켓을 타고 우주로 떠나 5분의 무중력 상태를 포함해 총 10분간 우주를 비행하고 무사히 지상으로 귀환했어. 최초의 고양이 우주 비행사였지.」

우주선에 탄 암고양이, 상상만 해도 멋져. 너무 부러워.

「최초의 북극 원정대의 일원이었던 미세스 치피, 1997년에 미국 알래스카주 탤키트나의 시장으로 선출된 스텁스도 유명한 고양이야.」

내가 고양이라는 사실이 자랑스럽다.

「현재 프랑스에는 1천만 마리의 고양이가 있어. 유럽에는 5천만 마리, 지구 전체에는 4억 마리가 있지.」

트럭 유리창에 붙어 있던 인간이 바닥으로 떨어진다.

「인간의 숫자는 얼마나 돼?」

「조만간 80억에 이를 거야.」

인간의 숫자가 고양이의 20배라는 얘기구나.

「쥐는 몇 마리야?」

「쥐는 세기가 훨씬 어려워. 지하철이 지나다니는 터널과 하수구가 그물처럼 뻗어 있는 대도시가 많아진 걸 감안하면 쥐도 분명히 기하급수적으로 늘었을 거야.」

「대략적인 숫자라도 얘기해 줘.」

「인터넷을 뒤져 보니까 쥐의 숫자가 최소한 인간의 열 배는 넘을 거라고 나와 있어. 8백억 마리가량이라는 거지.」

「우리의 2백 배잖아!」

망할 놈의 쥐들이 압도적인 수적 우위를 차지하고 있는 걸 까맣게 몰랐네.

「실제로는 더 많을 거야. 아직 땅 밑에 내려가 쥐를 세본 인간 과학자가 없기 때문에 그냥 추정치일 뿐이야. 그런데, 숫자도 숫자지만 더 심각한 문제가 있어. 기온 상승으로 쥐의 몸집이 갈수록 커지고 있다는 인간 과학자들의 연구 결과가 나왔어. 온난화로 인해 쥐의 번식력이 증가하고 쥐가 매개하는 전염병도 크게 늘고 있다는 거야.」

「얼마나 커졌는데?」

「연구에 참가한 과학자들은 두 배까지 커질 수 있다고 경고했어.」

「그렇게 되면 우린 큰일 났네.」

「아직까진 과학 기술이 인간들은 물론 우리 고양이들도 보호해 줄 수 있어. 하지만 과학자들이 모조리 죽임을 당하고 교조주의에 빠진 종교인들과 정치인들만 남는 날이 오면, 그래서 과학 지식이 소용없어지면 무슨 일이 벌어질지 장담할 수 없어. 인간이 힘을 합쳐 쥐와 싸우기는 커녕 지금처럼 편을 갈라 서로 물어뜯기만 하면 쥐들에게 지배당하고 말 거야. 시간문제야.」

「여기가 말이야?」

「파리만 아니라 전국이, 전 세계가 곧 그렇게 될 거야. 지구상에 쥐가 없는 곳이 없으니까. 조만간 여기처럼 쥐가 인간과 다른 동물종들을 궁지로 몰아넣어 지배하게 될 거야.」

쥐가 득세하는 세상은 어떤 모습일까? 인간들과 고양이들은 대도시에서 시골로, 숲으로 도망치겠지. 캄비세스와 그의 일당들이 공포를 앞세워 세상을 지배하겠지.

스스로 우주와 합일에 도달했다고 느끼면서도 나는 여전히 쥐를 의식의 고양에 도움이 되지 않는 음습한 에너지로 지각하고 있다. 왜 그럴까.

쥐가 얼마나 위협적인 존재인지 안 이상 나에게는 막중한 책임이 있다.

「어쩌다 그 지경에 이르렀어?」

나는 도저히 이해할 수 없다는 표정으로 샴고양이를 쳐다본다.

「인간이 가축과 식용 동물을 주로 기르면서 야생종을 많이 없앴어. 특히 설치류의 천적인 독수리와 늑대, 곰, 여우, 뱀 같은 동물이 사라졌지.」

「인간이 자연의 조화에 필요한 생태계의 아슬아슬한 균형을 깨버렸어. 돌이킬 수 없는 실수를 저지른 거지!」

「게다가 땅 밑에 하수구를 설치해서 쥐한테 완벽한 서식지를 만들어 줬어. 그런데 솔직히, 쥐가 아주 영리하고 적응력이 뛰어난 동물인 건 사실이야.」

「그래도 우리한테는 상대가 안 돼.」

「우린 인간들 곁에 살면서 많이 유약해졌어. 쥐들이 먹이를 찾으려고 발버둥 치는 동안 우리는 가만히 앉아서 인간들이 주는 사료나 받아먹었어. 하루하루가 투쟁의 연속인 쥐들과 달리 우리에겐 이제 적이 없어. 잘 생각해 봐. 누가 고양이의 천적이야?」

맞다, 인정할 건 인정해야 한다. 사실 나도 지금까지 다른 종이 무서운 줄 모르고 살았다. 짜증 내고 안달하는 게 내 감정의 전부였다.

안락한 삶이 내 감각을 무디게 만든다는 인식조차 못했다.

「앞으로 쥐가 지배종이 될지도 몰라. 그들은 영리하고 사회적인 동물이야. 절대 과소평가해선 안 돼.」

「쥐들을 어떻게 저지하지?」

「연대밖에는 방법이 없어. 우리한테 인간이 필요한 만

큼 인간한테도 우리가 필요해. 단결해서 공동의 적과 싸우지 않으면 인간도 우리도 미래가 없어. 그것 때문에 지금 너랑 내가 여기 있는 거잖아. 자, 서두르자. 뱅센 숲까지 아직 갈 길이 멀어.」

피타고라스는 내가 인간에게 발신할 수 있다고 철석같이 믿고 있는 것 같다. 그런 그에게 진실을 말해서 실망을 안길 순 없다. 솔직히, 어제 일 이후 나는 내가 과연 이런 중차대한 임무를 감당할 능력이 있는지 의문이 든다. 내 머릿속에는 그와 사랑을 나누면서 에너지를 충전하고 싶은 생각밖에 없다. 물론 그는 전혀 다른 생각들로 머릿속이 복잡해 보인다.

우리는 트럭에서 나와 다시 차 지붕을 건너뛰며 이동한다. 기진맥진할 즘에 피타고라스가 외곽 순환 도로를 빠져나가 울창한 숲으로 향한다.

뱅센 숲은 불로뉴 숲과 흡사해 보인다.

아무리 둘러봐도 개와 고양이, 쥐는 물론 인간의 그림자도 보이지 않는다.

「GPS 신호가 잡히는 위치를 보니까 너희 집사가 이쪽에 있는 게 틀림없어.」

피타고라스가 오솔길을 가리키며 앞장서 걷기 시작

한다.

우리는 키 큰 나무들이 어깨동무를 하고 서 있는 길을 걸어간다. 숲이 숨을 죽인 듯 으스스한 적막이 감돈다. 수염을 활짝 펼쳐 봐도 감지되는 움직임이 전혀 없다. 갑자기 머리 위에서 두꺼운 그물이 떨어진다. 우리는 눈 깜짝할 사이에 그물에 갇혀 하늘 높이 솟구쳐 오른다.

함정.

엎질러진 물이다. 그물에 걸려 몸을 버둥대 봤자 소용이 없다. 우리가 발버둥을 칠 때마다 땡땡땡 종소리가 울린다. 이빨로 그물을 끊으려고 안간힘을 쓸수록 종소리는 더 짜랑짜랑 요란해진다.

「가만히 있어!」

피타고라스가 소리를 지른다.

우리는 하늘과 땅 사이에 붕 떠 있다. 그물코에 걸린 발이 쓰리고 아파 오기 시작한다.

나는 모든 걸 체념하고 눈을 감는다. 피타고라스는 벌써 잠든 것같이 보인다.

불편한 자세로 있다 보니 내가 주체적인 존재라는 자각과 함께 입에서 스스럼없이 말이 튀어나온다.

「죽기 전에 널 사랑한다는 말은 꼭 해야겠어.」

「고마워.」

짜증 나. 왜 자기도 날 사랑한다고, 내가 너무 좋다고, 내가 전부라고 대답 못 해?

「넌 모든 것에 너무 무감각한 것 같아, 피타고라스. 인정할 건 인정해. 우리 둘이 하나가 되는 순간 정말 좋았잖아.」

「그랬지.」

약이 올라 미치겠네.

「너는 사랑이 뭐라고 생각해?」

속 시원한 답을 듣지 않고는 못 배길 것 같다.

「그건…… 특별한 감정이지.」

「더 구체적으로 말해 볼래?」

「강렬한 어떤 것?」

「네가 나한테 느꼈던 감정?」

「글쎄, 그걸 간단히 요약할 수 있을까……? 그 특별한 느낌을 설명할 마땅한 표현이 있을지 모르겠네.」

피타고라스가 머리를 갸우뚱한다.

「나한테 사랑은, 혼자 있을 때만큼 함께 있을 때도 좋은 거야.」

그는 사랑을 정의하는 안성맞춤인 표현을 찾아 흡족한

눈치다.

「나는 반대야. 사랑은, 혼자 있을 때보다 함께 있을 때
더 좋은 거야.」

그가 입을 열 듯 하다 생각을 바꿨는지 크게 하품을
한다.

어느 누구에게도 종속되기 싫다는 그의 의지는 이기주
의의 표현에 다름 아닌지도 모른다. 어쩌면 그는 흔한 수
컷들처럼 자신의 단전 에너지에만 집중하는 비열하고 이
기적인 존재가 아닐까? 샴고양이니까, 제3의 눈이 달렸
으니까, 박식해 보이니까 다르리라고 믿은 내가 바보였
지…… 새삼 엄마가 경고처럼 했던 말이 떠오른다. 〈수컷
들은 하나같이 유약하고 실망스러워. 진실한 감정을 느
끼지 못해. 그들은 진실로 사랑할 줄 몰라.〉 나는 왜 피타
고라스만은 예외라고 믿었을까?

그가 고개를 살짝 흔든다.

「좋아……. 인정할게. 나는 혼자 있을 때보다 너랑 함께
있을 때가 더 좋아…….」

이 말 한마디 듣기가 이렇게도 힘드니 원. 그가 침을 꼴
깍 삼키고 나서 덧붙인다.

「나는 너랑 있을 때가 더 좋아, 비록 함정에 빠졌어

도…… 덫에 걸려 공중에 붕 떠 있어도…… 아무리 비관적인 상황이 닥쳐도.」

하, 참! 수컷들한테는 도저히 적응이 안 돼. 나를 좋아한다고 고백하는 게 뭐 그리 두려울까! 몸이 하나가 되는 순간 자기도 나처럼 새로운 자각에 이르렀다고 고백하는 게 뭐 그리 두려울까.

깊은 감정을 느끼고 거리낌 없이 표현할 수 있는 건 암컷뿐이야.

이래서 내가 수컷이 되기 싫은 거야. 감정 장애를 가진 것처럼 느껴질 테니까.

「네 덕분에 어제 어떤 직관에 도달했어. 오래전부터 느낌으로만 간직했던 게 사실이라는 걸 확인했지. 나라는 존재가 내 육신에만 국한되는 게 아니라는 것 말이야.」

「미안하지만 난 그렇게 깊게는 생각 못 했어.」

인터넷에 접속해 제3의 눈으로 모든 것을 보고 모든 것을 이해하다 보니 피타고라스는 도리어 직관이라는 즉물적 감각이 무뎌졌는지도 모른다.

나는 그의 등에 달린 복잡한 장비가 필요 없다. 눈만 감아도 꿈을 꾸고 우주를 지나가는 생명의 에너지에 접속해 소중한 지식을, 어쩌면 그가 가진 것보다 훨씬 소중한 지식을 얻을 수 있다.

「더 공감해 주지 못해서 미안해. 하지만…… 솔직히 나는 지금 죽는 게 너무 무서워.」

나는 무섭지 않다.

죽음이 뭘까? 나라는 존재는 공(空)을 떠다니는 먼지들로 이루어져 있고 이 먼지들을 연결하는 것은 내가 나 자신에 대해 갖는 생각이라는 인식을 한 뒤로 내게 죽음은 이 먼지 입자들이 배열을 〈바꾸는〉 것에 불과하다.

그러니 상태가 변하는 것을 두려워할 이유가 없다. 죽는다는 것은 결국 나를 구성하는 미미한 양의 물질이 배열을 바꾸는 것일 뿐이다.

어쨌든 지금 나는 긴 삶을 끝낸다는 두려움에 사로잡힌 피타고라스보다 훨씬 철학적으로 죽음을 바라보는 중이다. 공(空)에 세워진 입자의 구조물이 허물어지는 것을 비극으로 받아들이는 것은 그가 스스로 중요한 존재라고 여기기 때문이다. 자기 바깥의 우주와 자신이 다르다고 믿기 때문이다. 이렇게 다르다는 생각 때문에 우리 몸의 결합을 나만큼 강렬히 느끼지 못한 것이다.

그도 나처럼 모든 것을 지각한다면 진정으로 사랑할

수 있을 것이다.

자신에 대한 그의 인식은 타자들과 단절된 채 제 육신의 껍데기에만 국한돼 있다. 반면 나는 알고 있다. 내가 한계가 없는 존재라는 것을. 나는 무한이자 불멸이라는 것을. 내 육신의 구조가 해체되어도 나는 아무렇지 않다. 조금도 두렵지 않다. 나는 다른 방식으로 여전히 살아 있을 테니까.

나는 눈을 감는다. 나의 정신이 그물에 갇힌 몸에서 빠져나가 멀리 날아오른다.

나는 펠리세트가 되어 로켓에 타고 있는 꿈을 꾼다. 나는 달을 향해 날아간다.

24
함정

웅성거리는 소리에 선잠을 깬다.

활과 창을 든 어린 인간들이 우리를 에워싸고 있다. 몇몇은 총을 들었다. 하나같이 방독면을 쓴 아이들은 꾀죄죄한 몰골에 찢어진 옷을 걸치고 있다.

우리를 올려다보며 막대기를 휘두르는 아이들을 향해 피타고라스와 나는 이빨을 드러내며 하악하악 위협을 가한다. 하지만 그물에 갇혀 효과적으로 대응하기는 쉽지 않다.

우두머리인 듯한 아이는 쥐 머리를 엮어서 만든 목걸이를 하고 있다. 그의 명령에 따라 한 아이가 줄을 움직여 우리를 땅으로 끌어 내린다. 아이들이 우르르 달려들어 피타고라스와 나를 결박한 다음 긴 나뭇가지에 발을 매

단다. 그들은 지독한 냄새가 나는 액체가 출렁이는 도랑 앞으로 우리를 들쳐 메고 간다. 일전에 나탈리가 일하는 현장에 갔다가 몸에 뒤집어쓴 검은색 기름 냄새와 똑같은 냄새가 올라온다.

「인간들이 쥐들의 공격에 대비해 진지를 보호하려고 참호를 파서 석유를 부어 넣은 게 분명해.」

피타고라스가 불편한 자세로 힘겹게 한마디 내뱉는다.

장애물을 건너가자 인간들이 방독면을 벗고 얼굴을 드러낸다.

온통 적대적인 얼굴들이다. 입맛을 다시며 우리를 쳐다보는 것 같은 얼굴도 있다.

넓은 빈터에 다다르자 후드득 소리를 내며 장작불이 타고 있다.

머리가 땅으로 향했는데도 기다란 막대기에 꽂혀 불에 구워지고 있는 토끼와 개, 고양이들이 선명히 보인다.

우리는 땅바닥에 내려진다.

「시작도 하기 전에 끝인가 봐.」

나는 허탈하게 피타고라스를 쳐다본다.

「미안해. 인터넷에 이 집단의 풍습에 관한 정보는 없어서 몰랐어.」

이제 운이 다했나 보다.

「널 만나서 행복했어, 피타고라스.」

나를 꿰어 돌릴 꼬챙이를 깎고 있는 게 틀림없는 아이를 바라보면서 내가 비장하게 한마디 던진다.

펠릭스보다 우월하다고 믿었던 나도 결국은 똑같은 최후를 맞는구나.

「저들이 내 USB 단자와 하네스에 꽂힌 전화기를 아직 못 봤나 봐.」

샴고양이가 엉뚱한 소리를 한다.

「굽기 전에 빼겠지. 급한 거 아니잖아.」

내가 퉁명스럽게 쏘아붙인다.

피타고라스는 눈을 감은 채 여전히 정보를 찾고 있다.

「너희 집사가 멀지 않은 곳에 있어. 분명히 저 텐트들 중 하나일 거야. 어서 불러 봐!」

내가 목이 터져라 야옹거려도 집사는 모습을 드러내지 않는다. 나는 절박한 심정이 되어 저주파로 갸르릉거리기 시작한다. **나탈리! 빨리 와서 날 좀 도와줘.**

그러자 기적 같은 일이 벌어진다.

그녀의 냄새가 코끝에 와닿는가 싶더니 멀리서 실루엣 하나가 나를 향해 걸어온다. 그녀가 보인다, 그녀도 나를 본다.

집사가 나를 가리키면서 어린 동족들과 심각한 표정으로 애기를 나누기 시작한다. 간간이 나와 피타고라스의 이름이 귀에 들린다. 쥐 머리 목걸이를 한 인간이 못마땅한 얼굴로 고개를 가로젓는다. 그러자 나탈리가 잠시 사라졌다 그녀와 구분이 힘들 만큼 닮은 인간 암컷과 함께 나타난다.

이 와중에도 부지런히 인터넷을 검색하던 피타고라스가 나한테 알려 준다.

「스테파니야. 너희 집사와 자매 사이인 암컷이야. 여기 오기 전에 고아원을 운영했어. 그녀가 아이들을 데리고 먼저 이곳에 자리를 잡고 나서 다른 고아 아이들도 하나둘 이 숲으로 모이기 시작했어.」

「무슨 애기가 저렇게 길어?」

「아이들의 우두머리를 설득해 우리를 살려 줄 수 있는 권위를 가진 사람은 스테파니뿐인 것 같아.」

나탈리가 강한 어조로 뭔가를 애기하면서 피타고라스의 제3의 눈을 가리키자 우두머리가 그제야 태도를 바꿔 그녀의 설명을 경청한다. 그가 잠시 후에 우리를 풀어 주라는 명령을 내린다.

나는 결박에서 풀려나자마자 집사한테 뛰어올라 할짝 할짝 볼을 핥아 준다(개나 하는 짓인 줄은 알지만 태연한 척하기에는 나를 살려 준 그녀가 너무 고맙다).

피타고라스는 훨씬 무덤덤한 반응을 보인다.

「바스테트, 이제 네 임무를 마무리 지어야 할 때가 왔어. 자, 얼른 집사한테 쥐들의 공격에 맞서기 위해 시뉴섬을 우리의 요새로 만들어야 한다고, 도와 달라고 얘기해.」

내가 갸르릉거리자 집사가 다정하게 나를 쓰다듬어 준다. 그녀가 미소 가득한 얼굴로 나를 쳐다보면서 내 이름을 부르고 살갑게 말을 한다.

피타고라스는 집사가 내 메시지를 이해했다고 판단한 눈치다.

「얼른. 빨리 다 설명해.」

그가 재우쳐 말한다.

「못 해.」

「왜 못 해?」

「그동안 너한테 거짓말했어. 난 아직 집사한테 분명하게 메시지를 전달할 줄 몰라.」

「고양이의 생각을 인간의 정신에 발신할 줄 모른다고? 좀 전에 네가 특이하게 갸르릉거리니까 너희 집사가 아주 수용적으로 변하는 것 같던데!」

「애는 쓰는데 안 돼. 그녀를 편안하게 해주고 가끔 내 요구를 이해시킬 수는 있는데, 절대 그 이상은 불가능해.」

휴, 속이 후련하다. 피타고라스한테 진실을 고백하고 나니 가슴에 얹어져 있던 납덩어리가 사라진 느낌이다.

「결국 우리가 쓸데없이 힘들여 여기까지 왔단 말이야? 왜 진작 말하지 않았어?」

격앙한 피타고라스가 언성을 높인다.

「그들에게 발신할 방법이 분명히 있을 거야. 난 확신해! 그러니까 나한테 시간을 조금 더 줘.」

나는 목으로 낼 수 있는 가능한 모든 주파수로 쉬지 않고 갸르릉거린다.

그러나 돌아오는 건 쓰담쓰담하는 집사의 다정한 손길뿐이다.

숲에 서서히 어둠이 깃든다.

나탈리가 잠을 자러 천막에 들어가는 걸 보고 나도 따라 들어가 발치에서 잠을 청한다. 나는 마음을 가라앉히려고 애를 쓰며 나지막하게 갸르릉거린다. 내 잘못으로 우리 모두가 궁지에 몰리게 된 것은 어쨌든 돌이킬 수 없는 사실이다.

왜 인간들에게 내 뜻을 이해시킬 수 없을까?

한참을 뒤척이다 어느 결에 나도 잠이 든다. 죄의식에서 조금이나마 벗어날 수 있는 건 이 시간뿐이다. 어떻게 하면 주변에 도움이 되는 존재가 될 수 있을까. 갈 길이 너무 멀어 보인다.

25

구름 위의 만남

꿈을 꾼다.

인간이 종말을 맞은 세상. 쥐들이 여전히 활개를 치고 있다.

숫자가 불어난 쥐들은 더 비대해지고 더 사나워졌다.

어떤 형체가 나를 향해 다가온다. 캄비세스. 여섯 마리 의 쥐가 왕인 캄비세스를 받쳐 들고 있다.

캄비세스는 작은 고양이 머리를 주렁주렁 매단 목걸이 를 하고 인간처럼 의자에 앉아 근엄한 행세를 하고 있다. 그가 줄곧 이빨을 발톱으로 쑤시면서 말한다. 〈나 역시 종간 소통에 지대한 관심이 있어.〉

그가 얼굴을 일그러뜨리며 말끝을 단다. 〈난 언제든지 너랑 소통할 준비가 돼 있어, 바스테트. 그런데 우선 하나

물어보자. 지금 당장 잡아먹어 줄까 아니면 조금 있다 잡아먹어 줄까?〉

그가 인간처럼 크게 소리 내어 웃는다.

나는 소스라치게 놀라며 잠이 깨 눈을 비빈다. 다른 꿈을 꾸려고 억지로 다시 잠을 청한다.

두 번째 꿈에는 피타고라스가 나온다. 〈내가 인간의 생각을 수신할 수 있었던 건 좋은 발신자를 만났기 때문이야. 소피 말이야. 두 종을 잇는 다리는 없어도 통로 하나쯤은 어딘가에 있을 거야. 암컷이든 수컷이든 네 얘기를 경청할 상대를 찾으면 돼. 소통에 적합한 인간을 찾으면 가능해. 이제 네가 뭘 해야 하는지 알 거야.〉

나는 다시 눈을 뜬다. 피타고라스는 저만치 떨어져 혼자 자고 있다. 그의 정신이 내게 보낸 생각이 틀림없다. 이제 알겠어. 정상 세계의 법칙에서 벗어난 꿈의 시공간에서 나와 대화할 수 있는 인간의 영혼을 찾아야 해.

나는 정신을 모아 다시 눈을 감는다. 세 번째 꿈에서 나는 내 정신을 인도하고 있다. 경계가 없는 작고 가벼운 구름이 확장되지 않고 응축되더니 내 머리를 빠져나가 하늘 높이 날아오른다. 숲을 날아 거대한 구름 위로 올라가자 인간들의 얼굴이 보인다. 인간들의 영혼.

나탈리의 얼굴. 그녀도 대부분의 인간들처럼 눈을 감고 있다.

나는 내 영혼과 함께 잠들어 있는 인간들의 얼굴 위를 유영한다. 그들의 코와 입술이 도도록이 솟아 있다. 내리닫힌 눈꺼풀들은 무성한 수풀을 이루고 있다. 반짝반짝 햇빛을 반사하는 무언가가 시선을 끈다. 달싹거리는 눈꺼풀들의 윤곽을 드러내는 기다란 속눈썹들 사이에서 빠져나온, 언뜻 과일 같은 반들반들한 분홍색 형체.

바로 아래, 입술이 웃는 모양으로 양쪽으로 당겨지면서 틈이 벌어지더니 소리가 새어 나온다.

「반가워요, 〈고양이 영혼〉.」

나는 얼떨결에 다가가며 대답한다.

「안녕하세요, 〈인간 영혼〉.」

피타고라스가 맞았어. 적합한 수신자만 찾으면 인간의 영혼과 소통하는 건 얼마든지 가능해! 그래, 〈어딘가에 통로가 있을 거야〉라고 그가 말했었지. 그걸 꿈의 세계에서 찾으리라곤 상상도 못 했어.

「우리가 정말로 대화할 수 있을까요?」

「물론이죠. 여기서 우리는 깨어 있는 세계의 물리 법칙들에서 자유로워요. 당신도 알고 있을 거예요. 그렇지 않다면 여기 와서 지금 나한테 말을 하고 있지 않겠죠.」

「이런 일은 난생처음이에요.」

「난 아니에요. 나는 동물, 식물의 영혼과 얘기를 할 수 있어요. 그게 가능하다는 걸 깨닫고 나서 조금씩 하기 시작해서 이제는 거의 매일 밤 하고 있죠. 어쨌든 당신은 처음이니까, 이 세계에 온 걸 환영해요. 멋진 경험을 하게 될 거예요.」

얼굴을 찬찬히 뜯어보니 상대는 소피와 연배가 비슷한 나이 지긋한 여성이다. 몸이 통통하고 머리가 짧은 것만 다를 뿐 전체적인 분위기가 아주 흡사하다.

「이름이 뭐예요?」

그녀가 묻는다.

「바스테트예요.」

「고상한 이름이네요. 이집트 여신의 이름에서 따왔군요.」

「당신 이름은요?」

「나는 파트리샤예요.」

「당신은 나랑 대화하는 게 전혀 놀랍지 않은가 봐요.」

「나는 인간 샤먼이에요. 바스테트 당신은 고양이 샤먼

인 셈이죠. 우리는 각자의 종을 대표하는 대사들이에요. 당신과 나는 육체를 떠나 움직일 수 있는 재주를 가졌어요. 그게 우리가 남들과 다른 이유죠.」

「이렇게 간단할 줄 몰랐어요.」

「고양이 샤먼도 틀림없이 오래전부터 있었을 거예요. 당신들이 인간들과 달리 기억을 못 할 뿐이죠. 우리 인간들은 자신들의 능력에 대해 말로 얘기하고, 책으로 쓰고, 영화로 만들죠……. 반면 당신들은 자신들의 능력을 기억에 남길 매체를 갖고 있지 않아요. 당신이 죽으면 아마 다음 샤먼 고양이도 자신이 세상에 하나밖에 없는 최초의 샤먼이라고 믿을 거예요.」

그래, 백번 맞는 말이야.

나는 태어나는 순간부터 특별한 재주를 갖고 있었는데 이제야 그 재주를 쓰는 방법을 알게 된 거야. 내 영혼은 본래 누구와도 소통이 가능했어. 다만 정상 세계가 아니라 꿈속 같은 평행 세계를 찾아와야 했던 거지.

「파트리샤, 할 얘기는 산더미 같지만 급한 일부터 처리해야겠어요.」

「말해 봐요, 바스테트.」

「당신의 물리적 육체는 지금 어디 있죠?」

「페스트 경보가 내려지고 나서 계속 집에 틀어박혀 지내요. 비축해 둔 음식으로 간신히 연명하는 중이죠. 며칠은 더 버틸 수 있을 것 같아요. 당신은요?」

「나는 지금 뱅센 숲에 꾸려진 야영지에 있어요. 당장 나한테 와서 고양이들만이 갖고 있는 정보를 인간들에게 전달하게 도와줘요.」

「계속해 봐요.」

「우리는 고양이군을 창설해 샹젤리제 전투에서 쥐들을 격퇴하고 대통령 궁에 있는 핵 방공호에서 막대한 양의 비상식량을 찾아냈어요. 우리는 인간과 고양이가 함께 지낼 진지를 시뉴섬에 구축할 계획이에요. 그 섬은 쥐들이 괴롭힐 수 없는, 그래서 페스트에 걸릴 위험이 없는 안전한 장소가 될 거예요.」

「잠깐, 잠깐만요. 좀 더 자세히 얘기해 봐요. 나한테 뭘 기대하는지 정확히 설명해 줘요.」

내가 그동안 겪었던 일을 들려주기 시작하자 그녀가 흥미진진해하며 귀를 세운다. 개방적인 영혼끼리 자연스럽고 직관적인 대화가 오간다. 현실에서 그토록 집사와 해보고 싶었던 얘기를 꿈속에서 샤먼과 나누고 있다니 감격스럽기 그지없다.

얘기를 마치고 내가 그녀에게 묻는다.

「고양이와 살았던 적 있어요?」

「없어요. 대신 어릴 때 개가 한 마리 있었죠. 내가 정말 좋아하던 개였어요.」

「고양이와 살아 본 적이 한 번도 없다고요?」

「내 눈에 비친 고양이는 항상 너무…… 거만했어요.」

「우리더러, 〈거만〉하다고요? 복종심이 강한 개들과 비교하면 우리가 좀 독립적으로 보이긴 하죠. 당신은 그걸 못마땅해하는군요.」

「미안하지만 난 고양이가 왜 인간에게 더 〈살갑게〉 굴지 않는지 모르겠어요.」

「방금 〈살갑게〉라고 했어요? 당신을 받들어 모셔야 할 존재들이 당신을 집에 가둔다고 생각해 봐요. 당신에게 복종해야 할 그들이 냄새와 소리가 싫다고 당신을 멋대로 거세한다고 생각해 봐요. 극히 자연스러운 당신의 본성에서 비롯된 행동들을 못 하게 한다고 생각해 봐요. 가령, 생쥐를 선물했는데 고맙다는 인사 한마디 못 듣는다고 생각해 봐요. 무슨 재료로 만들었는지도 모르는 사료를 당신한테 먹인다고 생각해 봐요. 어떻게 살가울 수가 있겠어요?」

「사료는 동물 부산물을 이것저것 같아 섞은 거예요. 소뼈, 양 연골, 돼지 눈알, 콩, 밀가루, 심지어 톱밥까지 들어간다고 하더군요.」

그녀가 미안쩍은 어조로 말한다.

「어디 그뿐인가요! 파트리샤, 우리 입장이 한번 돼봐요. 당신들은 우리한테 음식다운 음식을 못 먹게 하죠, 성생활의 기쁨도 못 누리게 하죠, 게다가 멋대로 주인을 정해 주고 우리 이름을 정해 주고 살 곳까지 정해 주죠. 그런데 우리더러 〈거만〉하다고요? 우리 시중을 들어야 할 인간들한테 고양이들이 원한을 품지 않는 게 내 눈엔 이상하게 보여요.」

「인간들이 당신들 시중을 들어야 한다고 누가 그러던가요?」

「그거야 당연히, 당신들이 우리…… 집사니까요.」

「그렇지 않아요.」

「뭐라고요?」

「대부분의 인간들은 자신들이 당신들의 주인이라고 생각해요.」

이게 무슨 소리야?

「아니, 그들은…….」

「나는 어떤 동물종도 다른 종에게 이래라저래라 할 수 없다고 생각해요. 지구는 어떤 한 종의 소유가 아니에요. 동물이든 식물이든 모든 생명체가 똑같이 지구의 주인이죠. 어떤 종도 스스로 다른 종보다 〈우월〉하다고 여길 권리는 없어요. 인간도 고양이도 마찬가지죠.」

「하지만 인정할 건 인정해요, 파트리샤. 인간은 고양이만큼 예민하지 못해요. 그들은 우리만큼 많은 것을 지각할 수 없어요. 형편없이 무딘 감각을 지니고 있죠. 밤에는 볼 수도 없어요.」

「맞아요. 인간이 볼 수 있는 색깔은 아주 한정된 스펙트럼뿐이죠. 우리들은 초음파를 듣지도 못하고 자기장이나 에너지의 이동을 감지하지도 못해요.」

「그것 봐요, 그렇다니까요.」

「그렇다고 우리 인간들이 열등한 건 아니에요. 단지 우리는 서로 다를 뿐이에요. 나는 모든 동물종이 상호 보완적이라고 믿어요. 그래서 이 지구에 존재하는 생물의 다양성을 경이롭게 느끼죠. 이 수천수만 가지 종의 곤충, 포유류, 새, 물고기, 식물을 우리가 어떻게든 지켜 내야 한다고 생각해요.」

「우리가, 인간과 고양이가 힘을 합치지 않으면 그 생물

다양성은 사라지고 말 거예요. 쥐들이 자신들의 경쟁자가 될 수 있는 종은 무조건 제거하려 들 테니까요. 부탁해요, 파트리샤. 나와의 대화를 통해 상황을 파악했으니 당신 동족들한테 설명해 줘요. 함께 최선의 노력을 다하자고 말이에요.」

파트리샤는 잠에서 깨는 즉시 조치를 취하겠다고 약속한다.

나는 임무를 완수했다는 뿌듯한 마음으로 남은 밤을 보낸다.

마침내 해냈다.

26

숲속의 의사 결정

눈을 떠보니 피타고라스가 곁에 와 있다. 그가 나를 유심히 쳐다본다.

「내가 해냈어! 통로를 찾아서 인간과 대화하는 데 성공했어. 그녀한테 다 얘기해 줬어.」

그는 별달리 놀라는 기색 없이 다리를 핥는다.

「알아. 여기서 다들 그 얘길 하고 있어.」

그가 할짝할짝 혀를 놀리며 대답한다.

「아, 그래? 파트리샤가 왔어?」

「응.」

「그래서, 그녀가 내 지침을 전달했어?」

「그런 셈이야.」

「〈그런 셈〉이라니?」

「네가 찾아낸 파트리샤는 동물과 소통이 가능한 영혼을 가졌는지는 몰라도 자신의 동족들과 소통하는 데는 약간의 장애가 있어.」

피타고라스가 그녀가 보이는 곳으로 나를 데려간다. 꿈에서 본 그녀가 맞다. 깃털이 꽂힌 화려한 색깔의 옷을 입고 요란한 장신구를 빼곡히 걸치고 있다. 그런데 어쩐 일인지 입을 열어도 아무 소리가 나오지 않는다.

「그녀가 말을 못 해.」

피타고라스가 어리둥절해하는 내게 설명해 준다.

「믿기지 않아. 분명히 영혼들의 세계에서는…….」

「인간들과 소통이 안 되니까 영혼들의 세계에서 소통하는 재주를 기른 거야. 일종의 〈보완책〉으로 말이야. 인간들의 세계에서 그녀가 하는 일은…….」

「샤먼이야.」

「내 눈엔 〈마녀〉에 가까워. 인터넷에서 그녀에 관한 정보를 찾아봤는데, 뉴에이지에 심취한 정신 이상자처럼 보였어. 청각 장애와 언어 장애를 한꺼번에 가진 사람이야. 외딴집에 혼자 살면서 손금을 보러 찾아오는 사람들과 필담을 나눈대. 정신 병원을 수시로 들락거리고 사기 혐의로 여러 번 피소되기도 했어.」

「한마디로, 미쳤다는 거지?」

「어쨌든 곧이곧대로 믿기는 힘든 사람인 것 같아.」

드디어 성공했다고 믿었는데 내 대화 상대가 자신의 동족과 소통조차 불가능한 인간이었다니!

「결국 실패로 끝난 거네?」

이상하게도 피타고라스는 나처럼 낙담한 기색이 아니다.

「꼭 그렇진 않아. 파트리샤가 수화를 할 줄 아니까. 다행히 그녀가 손을 움직여 얘기를 하면 인간 언어로 통역해 줄 수 있는 사람이 여기 한 명 있어. 필담보다는 수화가 훨씬 빠르지. 파트리샤의 얘기가 제법 일관성이 있어서 다들 귀 기울여 들었어.」

「어떡하지, 여러 매개를 거치면 우리 메시지를 전달하는 게 쉽지 않을 텐데!」

「네가 그 어려운 일을 해낸 것 자체가 이미 기적이야.」

피타고라스가 나를 보며 찡긋 윙크를 한다(또 저렇게 인간들이 하는 짓을 한다니까).

어떻게 한쪽 눈만 찡그리는 게 가능하지? 하여간 대단해. 나는 흉내를 내다 포기하고 파트리샤 쪽으로 고개를 돌린다. 그녀가 손가락과 팔을 신기하게 움직이면서 말을 하고 있다.

야생마 같은 아이들이 한자리에 모여 토론을 벌인다. 쥐 머리 목걸이를 한 대장 아이가 나탈리 자매에게 삿대질을 하며 격앙된 어조로 말하자 그들 역시 화를 내며 맞받아친다. 파트리샤와 그녀의 통역사는 계속 손짓을 주고받는다. 인간 우두머리가 나를 가리키며 얼굴을 험하게 일그러뜨린다.

신호와 동시에 여기저기서 손이 올라온다.

「뭐 하는 거야?」

나는 영문을 몰라 피타고라스를 쳐다본다.

「투표하는 거야. 결정을 내리기 전에 다수의 의견을 파악하는 과정이지.」

「그래서, 다수가 뭐래?」

「모르겠어. 의견이 나뉜 것 같아. 시뉴섬으로 가자는 쪽과 반대하는 쪽 의견이 팽팽히 맞서는 분위기야.」

이때, 날카로운 종소리가 땡땡땡 울려 퍼진다. 비상사태. 1백여 마리의 선발대를 앞세운 적들이 석유가 가득한 외호를 넘어 공격해 오고 있다.

쥐 자살 특공대라니!

혼비백산해 있던 인간들이 재빨리 방어 태세를 갖춘

다. 그들은 벗었던 방독면과 방호복부터 착용한 뒤 밀물처럼 쏟아져 들어오는 공격군을 막아 내기 위해 활이건 소총이건 수류탄이건 손에 잡히는 대로 집어 든다.

적군의 숫자는 줄어들 기미가 보이지 않는다.

기습을 당한 이상 은신처였던 뱅센 숲을 앞당겨 떠나는 수밖에 없다.

어린 인간들이 분주하게 가방을 챙기고 짐을 꾸리기 시작한다.

「시뉴섬으로 가야 하는 걸 알고 움직이는 걸까?」

급박하게 돌아가는 상황을 지켜보다 내가 피타고라스에게 묻는다.

「어차피 달리 갈 데도 없어.」

인간들이 공터로 달려가더니 나뭇가지와 나뭇잎으로 덮어 놨던 트럭과 승용차, 오토바이, 자전거들을 끌어낸다. 폐차나 다름없는 차들의 범퍼에는 뾰족한 못과 징, 칼날이 무수히 박혀 있다. 외곽 순환 도로에 버려진 차체들을 수거해 와서 개조하고 수리한 게 틀림없다.

나는 피타고라스와 나탈리 자매, 파트리샤와 함께 작은 트럭에 오른다. 무척 어려 보이는 인간 아이가 운전대를 잡고 있다.

승용차들과 트럭들, 캠핑 트레일러들이 일렬로 줄을 지어 오솔길로 접어든다.

외호에 이르러 다리가 내려지자 차들의 행렬은 외부로 통하는 유일한 통로를 조심스럽게 건너기 시작한다.

차에서 나탈리가 나와 파트리샤의 이름을 크게 말한다. 경탄조의 목소리에서 나는 내가 영혼들의 구름 위에서 의사소통에 성공했다는 확신을 갖는다. 그래, 어쩌면 내가 역사에 길이 남을 일을 해냈는지도 몰라.

감격도 잠시, 우리가 탄 트럭이 엔진 고장을 일으키며 갑자기 멈춰 선다. 어린 운전사가 다시 시동을 걸려고 애를 쓰지만 엔진이 말을 듣지 않는다.

그사이 쥐 떼는 트럭 뒤꽁무니까지 바짝 따라와 있다. 급기야 한 마리가 차 바닥에 뚫린 큰 구멍을 통해 차체 안으로 들어온다. 나는 잽싸게 내리 덮쳐 쥐를 처치하지만, 그 바람에 구멍으로 빠져 차 밖으로 떨어지고 만다! 하필이면 이 순간에 트럭이 부르릉 소리와 함께 출발하다니! 내가 망연자실 서서 트럭이 멀어지는 모습을 지켜보는 사이 족히 수천 마리가 넘는 쥐들이 나를 향해 질주해 온다.

나는 쥐 떼에 쫓겨 필사적으로 달아난다.

시간이 멎고 주변이 풍경화처럼 정지한다.

내 영혼은 뇌를 빠져나가 상황을 지켜본다.

저 아래, 내 영혼을 감싼 육신의 껍데기인 바스테트가 또다시 곤경에 빠져 있다. 영혼이 육체를 버려야 하지 않을까?

27

센강 변

나는 누구지?

나는 위험에 처한 한 마리 암고양이에 불과한가?

내 사고의 위력을 자각할수록 나는 자꾸 육체를 떠나 우주로 녹아들려고 한다.

잘하는 일일까? 잘못하는 일일까?

잘못인 것 같다.

내가 〈갇힌〉 상태에서 벗어나 있으면 내 영혼은 물질에 작용하기가 어려울 것이다.

쥐 떼가 바로 뒤통수까지 쫓아와 있다. 갑자기 트럭이 방향을 돌려 달려오기 시작한다. 내 앞에서 트럭 뒷문이 열린다.

「올라타!」

피타고라스가 소리친다.

나탈리의 손이 나를 들어 올리자마자 차 문이 다시 닫힌다. 내 영혼은 육체로 되돌아온다. 트럭은 속도를 내 추격하는 쥐 떼를 간단히 따돌린다.

「날 버리고 가지 않아서 고마워.」

「난 여전히 네가 필요해. 보아하니 네 집사도 네가 살아서 곁에 있는 게 좋은가 봐.」

말을 알아들었는지 집사가 나를 쓰담쓰담하면서 다정히 이름을 부른다. 나는 나도 모르게 갸르릉거린다.

피가 타들어 가고 숨이 멎을 듯한 상황을 겪고 나니 사랑받는다는 느낌이 새삼 안도감을 준다. 누구한테, 어떤 방식으로 사랑받는지는 지금 하나도 중요하지 않다.

나는 백미러에 내 육신의 껍데기를 비춰 본다. 아름답긴 아름다워. 이런 나를 구하려고 위험을 무릅쓰고 후진을 한 거야.

피타고라스가 뭐라고 했더라?

〈난 여전히 네가 필요해.〉

우주가 나에게 어떤 계획을 가지고 있다고 나는 믿는다. 날이 갈수록 이 계획이 구체적으로 드러난다고. 내가 그 사실을 잊을 때마다 상기시켜 주는 존재들이 내 곁에 있다고.

대열을 이룬 스무 대가량의 차량에 1백여 명의 어린 인간들이 텐트와 무기, 장비를 가득 싣고 나눠 타고 있다.

대열은 외곽 순환 도로를 피해 센강 변을 따라 이동한다. 선두에 선 사륜구동 트럭은 범퍼에 붙은 삼각형 모양의 두꺼운 쇳조각(쟁기 날을 떼어 붙인 것이라고 나중에 피타고라스가 설명해 준다)을 움직여 앞을 막은 차들과 잔해들을 검은 강물로 쓸어버리며 길을 트고 있다.

나는 어떤 대열에서든 후미에 위치하는 게 싫다. 비상 상황이 발생할 때 대열 선두가 내가 있는지 없는지 확인하지도 않고 무조건 전진할까 봐 두렵다.

나와 비슷한 불안감을 느끼는 것 같은 우리 운전사가 속도를 내 앞차를 추월하더니 선두 트럭 바로 뒤에 차를 갖다 붙인다. 얼마 못 가서 선두 트럭이 장애물에 가로막히자 우리가 탄 트럭도 따라 멈춘다. 왠지 불안해지네……. 피타고라스가 버튼을 눌러 창문을 내리고 바깥 상황을 살핀다.

장애물이 치워지는 동안 우리는 꼼짝없이 차에서 기다린다. 그사이 쥐들은 급속히 불어나는 것 같다.

「쥐가 등장하는 하멜른의 〈피리 부는 사나이〉라는 이
야기가 있어.」

창밖을 내다보던 샴고양이가 뜬금없이 나를 쳐다보며
얘기를 꺼낸다.

「중세 시대인 1284년, 독일 하멜른이라는 도시에서 실
제로 벌어졌던 일이야. 전해지는 얘기에 의하면 갑자기
수천 마리의 쥐 떼가 출몰해 온 도시에 쥐가 우글거렸대.
쥐들 때문에 먹을 게 없어지고 주민들의 삶이 피폐해지
기 시작했어. 어떤 방법을 써도 쥐들을 박멸할 길이 없었
던 거야. 그러던 어느 날 한 사내가 나타나 금화 천 냥을
주면 도시를 쥐들로부터 구해 주겠다고 제안했어. 하멜
른 시장이 제안을 받아들이자 사내는 즉시 피리를 꺼내
들고 불기 시작했지. 매혹적인 피리 소리를 들은 쥐들이
하나둘 사내의 뒤를 따르기 시작했어. 사내는 쥐들을 강
으로 몰고 가서 모두 물에 빠트려 죽였어. 하지만 시장은
마을을 구해 준 사내한테 약속한 돈을 주지 못하겠다고
했어. 하멜른 주민들도 피리 부는 사내에게 고마워하기
는커녕 조롱하고 돌을 던져 마을에서 내쫓았어. 쥐가 얼
마나 위협적인 존재였는지 까맣게 잊은 거지. 그러자 사
내가 복수를 결심하고 며칠 뒤 밤에 몰래 다시 마을로 들

170

어왔어. 그가 피리를 불기 시작하자 이번에는 마을 아이들이 모두 그를 따라나섰어. 그는 아이들을 쥐들이 빠져 죽은 강으로 데려갔어. 아이들은 모두 물에 빠져 죽었어.」

내 새끼들한테 벌어졌던 일을 떠올리며 얘기를 듣자니 배은망덕한 인간들한테 제대로 복수한 것 같아 솔직히 통쾌한 기분이 든다.

「이런 얘기가 전해 오기 때문에 인간들은 과거에 겪은 재난의 경험을 잊지 않고 기억할 수 있는 거야.」

「너한테 이런 얘기를 듣는 게 얼마나 좋은지 몰라.」

「나도 누군가에게 얘기를 해줄 수 있어서 좋아. 나는 인간들 얘기를 고양이들에게 전하기 위해 태어났는지도 몰라…….」

「나한테 제일 먼저 말이지?」

「너는 남의 이야기를 경청할 줄 아는 장점을 가졌어. 고양이들이 다 너 같진 않아.」

나는 매사에 무덤덤하던 펠릭스를 떠올린다. 무엇에도 관심이 없고 도대체 야망이라곤 없던 펠릭스. 그가 삶에 거는 기대가 없었던 만큼 삶도 그에게 되돌려 주는 게 없었지.

인간들은 장애물을 치우기 위해 피타고라스가 〈바주카

포)라고 부르는 원통을 몇 개 꺼낸다. 요란한 폭발음과 함께 길이 뚫리자 대열은 센강 변을 따라 이동을 계속한다.

얼마 뒤 대열은 동족들이 남아서 지키고 있는 엘리제 궁에 도착한다.

이번에는 안젤로가 반갑게 뛰어나와 나를 맞아 준다. 나는 아이를 맡아 준 에스메랄다에게 마음에서 우러나오는 감사를 표시한다. 그사이 고양이군의 숫자는 두 배로 늘어나 있다. 우리의 승전 소식을 접하고 발길을 돌린 게 분명한 네부카드네자르의 얼굴도 눈에 띈다.

콘크리트 벽과 철문 너머 핵 방공호 안에서 비상식량을 발견한 인간들은 말문이 막힌다.

그들은 우리가 열지 못한 통조림을 따고 병을 열어 배를 채우고 나서 음식과 무기, (지금까지 쓰던 것과는 질적으로 다른) 방호복과 방독면이 담긴 상자들과 탄약을 트럭에 옮겨 싣고, 의약품과 외과 장비를 꺼내 부상자들을 치료한다.

핵 방공호의 물건들은 두세 시간 만에 남김없이 트럭들과 승용차들에 나뉘어 실린다. 다시 대열을 형성한 차들은 시뉴섬을 향해 이동하기 시작한다. 안젤로와 볼프강, 에스메랄다는 우리 트럭에 타고 나머지 고양이들과 한니발은 걸어서 우리를 뒤따른다.

나는 우리와 힘을 합쳐 쥐들과 싸우는 인간 아이들을 절대 잡아먹지 말라고 사자에게 신신당부한다.

1백여 명의 인간과 3백 마리 가까운 고양이들의 대열은 이제 제법 병력이라 할 만한 규모를 갖추었다.

피타고라스는 수시로 제3의 눈에 접속해 시에서 설치한 CCTV에 잡히는 적들의 동태를 살핀다. 재결집을 시작한 쥐들은 다행히 아직 공격을 재개할 만한 수준의 군력은 확보하지 못했다.

대열은 금세 강둑에 당도한다. 쇄빙기를 장착한 트럭이 선두에서 고철과 시멘트, 콘크리트 더미를 옆으로 밀어내며 길을 낸다.

나처럼 바깥 풍경을 내다보던 피타고라스가 말문을 연다.

「떠나길 백번 잘했어.」

「하마터면 앉아서 당할 뻔했지?」

「지금 쥐들이 주변으로 모여들고 있어. 유난히 덩치가 큰 쥐 한 마리가 뒷발로 땅을 딛고 서서 병사들의 사기를 북돋우고 있는데, 아무래도 샹젤리제 전투에서 본 놈인 것 같아.」

「쥐들의 왕 말이야? 내가 캄비세스라고 이름 붙인 놈일 거야. 처치하기 일보 직전까지 갔었는데.」

「놈이 총집결을 시도하고 있어. 벌써 근교의 쥐들이 속속 수도인 파리로 모여들고 있어. 이미 우리의 백 배가 넘어.」

「시간이 얼마나 있어?」

「두고 봐야지. 일단 계속 가자.」

우리의 〈백 배〉가 넘는다고?

28

피타고라스

대열은 돌풍이 몰아치는 강변을 따라 전진을 계속한다. 검푸르던 강물에 잿빛이 돈다. 물결이 찰싹거리며 강기슭에 부딪힐 때마다 몸에 물방울이 튄다.

오합지졸을 연상시키는 어수선하고 소란스러운 대열이지만 누구도 감히 저지할 수 없을 만큼 충분한 병력과 무장을 갖추고 있다.

빙글빙글 불빛을 내쏘는 에펠탑이 오른편에 보인다.

「처음에는 저 철탑 꼭대기에 진지를 구축할 생각을 했는데, 우리 숫자 때문에 쉽지 않을 것 같아서 포기했어.」

피타고라스가 에펠탑을 올려다보면서 말한다.

「숫자도 숫자지만 쥐들이 우리를 공격해 오면 저렇게 높은 곳에서는 뛰어내릴 수가 없잖아.」

아무리 생각해 봐도 나는 이상적인 삶을 살고 있는 것 같다. 하루하루가 놀라움의 연속인 삶을.

내일이 어제와 다르지 않은 존재는 이미 죽은 것이나 다름없다.

아침에 눈을 떴을 때 오후에 벌어질 일을 알고 있는 존재는 이미 죽은 것이나 다름없다.

현실에 안주하고 몸의 안위만 추구하는 존재는 이미 죽은 것이나 다름없다.

나는 내 몸의 시련을 선택했다. 그 시련들을 통해 내 정신은 성장한다. 예기치 못한 고난과 실패, 절망을 통해 빚어진 나의 정신은 스스로에 대해 알아 가면서 자신의 욕망과 한계를 깨닫는다. 그렇게 일관성을 형성해 나간다. 나는 내 육체의 연장인 그 정신을 부릴 줄 안다.

피타고라스 말이 맞다. 내 영혼은 경험을 쌓기 위해 현생을 택한 것이다. 시련은 나를 가르치고 나를 고양시킨다.

내 삶이 최고가 되기 위해 꼭 편하고 완벽할 필요는 없다. 내 삶에 의미를 부여하는 것은 바로 내가 내 삶을 바라보는 방식이다.

나는 누구와도 경쟁하고 있다고 느끼지 않는다.

나는 누가 흉내 낼 수 없는 나 자신만의 유일무이한 삶의 궤도를 따라갈 뿐이다.

나는…….

풋, 고양이 철학자가 다 됐네. 피타고라스한테 나쁜 것만 배웠어. 지금은 이런 존재론적 고민에 빠질 때가 아니라 눈앞에 닥친 일을 해결할 때야.

나는 머리를 털면서 주변을 찬찬히 둘러본다.

몸을 숨긴 채 주둥이만 삐죽 내밀어 우리를 지켜보는 쥐들이 여기저기 보인다. 감히 다가오지는 못한다. 일단, 지금까지는.

서둘러야 한다.

시뉴섬에 도착했다고 피타고라스가 대열을 향해 큰 소리로 외친다. 강 한가운데 떠 있는 길쭉한 녹지가 눈에 들어온다. 우리는 비르아켐 다리로 올라가 계단을 통해 섬으로 내려간다. 어린 인간들은 긴 줄을 만들어 차에 싣고 온 음식과 장비, 무기 상자들을 섬으로 나르기 시작한다.

에스메랄다는 벤치 밑을 찾아 피곤한 몸을 눕힌다. 그녀가 바닥에 눕자마자 안젤로가 달려들어 젖을 빨기 시작한다. 녀석, 참, 머릿속에 온통 먹는 생각뿐이야! 그런데, 모자처럼 다정한 둘을 보면서 왜 아들을 빼앗겼다는 기분이 들지 않지? 그래, 자기가 낳은 생명이라고 자기 소유는 아니니까. 그동안 깨달은 게 있다면, 뭔가를 소유하려는 욕망이야말로 모든 갈등과 분쟁의 원인이라는 사실이다. 배우자를 소유하고, 땅을 소유하고, 인간 집사를 소유하고, 음식을 소유하고, 자기 자식을 소유하려는 욕망 말이다. 누구도 타인의 소유가 될 수 없다. 존재는 물건과 다르니까. 안젤로가 두 엄마를 원하면 그건 안젤로의 선택이다. 나한텐 차라리 잘된 일이다. 온종일 젖에 매달려 칭얼대는 아이 없이 온전히 내 시간을 가질 수 있으니까. 소유욕을 버리니까 젖부터 쉴 시간이 생기는구나.

나는 편안한 마음으로 시뉴섬을 둘러보기 시작한다.

섬 동쪽 끝에 달리는 말 위에서 검을 휘두르는 남자의 조각상이 서 있다.

「이건 〈부활하는 프랑스〉라는 조각상이야.」

피타고라스가 다가와 알려 준다.

「여기, 시뉴섬에서도 전쟁이 일어난 적이 있어?」

「아니, 여긴 1820년에 조성된 인공 섬이야. 길이 9백 미터, 폭 11미터의 작은 섬이라서 아무도 욕심을 낸 적이 없어. 위로 지나가는 세 개의 다리를 떠받치고 있는 이 섬에는 사람이 산 적도 없어.」

우리는 동서로 뻗은 긴 산책로를 따라 천천히 걷는다. 서쪽 끝에 다다르자 조금 더 웅장한 조각상이 하나 더 서 있다.

「뉴욕에 있는 자유의 여신상을 그대로 본떠 축소해 만든 거야. 원래 여신상은 높이가 46미터에 이르는데 이건 11미터밖에 안 돼.」

「뭘 표현한 거야?」

「거인 같은 여인을 형상화한 거야. 여자는 오른손에 세상을 비추는 자유의 횃불을 들고 왼손에 공동체 생활의 규칙이 되는 율법이 적힌 석판을 들고 있어.」

「여신이야?」

「아니. 조각상이 다 여신을 형상화하는 건 아니야. 이건 그냥 자유로운 인류를 상징하는 여성의 모습일 뿐이야.」

우리가 머물 섬은 이렇게 여성성과 남성성을 모두 갖고 있다.

주변에서 인간들이 텐트를 치고 야영 준비를 하느라 분주하게 움직인다. 나탈리는 초조한 얼굴로 (다행히도 태양 전지가 장착된) 스마트폰 자판을 두드리고 있다. 피타고라스는 어느새 말없이 눈을 감고 인터넷의 세계에 들어가 있다.

「그녀는 지금 주변 공사 현장들에 어떤 장비가 있는지 확인하고 있어.」

피타고라스가 나직한 소리로 알려 준다.

「어떤 장비?」

「콘크리트 블록, 삽, 쇠갈퀴, 시멘트, 탱크로리, 그리고 제일 중요한…… 폭약.」

집사가 한참 만에 휴대폰을 내려놓더니 큰 소리로 아이들을 불러 모아 진지하게 얘기를 한다. 그러자 아이들이 황급히 어디론가 사라진다. 근처에 장비를 구하러 나간 게 분명하다.

일이 착착 진행되는 듯한 분위기다.

물론 파트리샤가 내 메시지와 지시 사항을 동족 인간들에게 제대로 전달했다는 가정하에. 마침 사람들과 조금 떨어져 앉은 그녀의 모습이 눈에 들어온다. 그녀는 뭔가에 쫓기는 듯한 표정으로 게걸스럽게 음식을 먹고 있다. 쉬지 않고 음식을 입에 욱여넣는다. 그녀는 음식을 채워 넣어야 비로소 몸에 긴장이 풀리고 편안해지는지도 모른다.

섬에 남은 아이들은 상자를 높이 쌓아 방어벽을 세우고 있다. 바람이 여전히 거칠게 분다. 거무튀튀한 성난 물결이 강기슭으로 밀려와 부서진다. 피타고라스는 눈을 부릅뜨고 강둑을 휘둘러보며 침입자가 없는지 살피고 있다. 그에게서 불안감이 감지된다.

「지난번에 하던 얘기를 마저 해줘.」

긴장을 풀어 주려고 내가 일부러 말을 건다.

「미안하지만 그럴 기분이 아니야. 이번엔 네가 나한테 얘기를 해줘. 어떻게 파트리샤한테 발신했어?」

「그게 말이야, 난 오래전부터 신경계를 가진 모든 생명체에는 정신이 있고, 이 정신은 육체의 껍질과 자유롭게 분리될 수 있다고 믿었어. 우리의 정신은 공기, 아니 구름과 비슷하다고 생각했어. 그냥 구름이 아니라 모든 것을 통과할 수 있고 무한히 커질 수 있는 구름 말이야.」

「그 개념은 어떻게 생긴 거야?」

「꿈에서. 꿈속에서 진짜로 증기처럼 생긴 내 정신이 내 뇌를 빠져나가 점점 펼쳐지며 커지는 걸 봤어. 내 위로 올라간 증기가 나를 내려다보더라고. 밑에 있는, 나라는 고양이를 말이야. 하지만 내 존재는 그것 이상이었어. 내 정신은 내 육신의 껍질보다 훨씬 컸으니까.」

피타고라스가 예전과는 다른 눈길로 나를 쳐다본다.

「참 신기하네. 예전에 소피가 했던 실험에서 방금 네가 한 애기를 뒷받침하는 결과가 나왔거든. 소피가 직접 나한테 실험해서 보여 줬어. 그 실험의 대상은 고양이가 아니라 머리와 눈, 입은 물론 뇌와 신경계까지 갖춘 편형동물인 플라나리아였어. 소피는 플라나리아 여러 마리를 미로에 넣고 관찰했어. 미로 속에는 보상에 해당하는 음식이 놓여 있는 곳도 있었고 벌에 해당하는 전기가 흐르는 곳도 있었지. 플라나리아들은 미로를 돌아다니다 음식을 만나기도 하고 전기 충격을 당하기도 했어.」

「삶의 여정이랑 똑같네?」

「그렇지. 소피가 한참 뒤에 미로에서 플라나리아들을 꺼내…… 머리를 잘랐어. 그런데 플라나리아라는 동물은 특이하게 몸의 일부분이 잘려도 재생할 수 있어.」

「머리가 잘려도?」

「응, 머리도. 시간이 지나자 플라나리아들은 다시 머리가 자랐어. 소피가 머리가, 다시 말해 뇌가 새로 생긴 플라나리아들을 미로에 다시 집어넣자 놀랍게도 벌레들이 먹이가 있는 곳으로 직진했어. 전기 충격을 받을 수 있는 곳은 모두 용케 피해 지나갔어.」

나는 내 귀를 의심한다.

「그건 정신이 뇌 속에만 있는 게 아니라는 내 가정이

맞다는 걸 확인해 주는 결관데.」

나는 혼잣말처럼 중얼거린다.

피타고라스가 예의 그 깊은 눈으로 나를 빤히 쳐다본다.

「나는 인터넷을 서핑할 때 비슷한 경험을 하는데, 마치 나라는 정신이 무한한 비물질 세계를 유영하는 듯한 느낌이 들어. 그 기분 때문에 내가 인터넷에 접속하는 걸 즐기나 봐.」

「너한테는 육체에서 벗어날 수 있는 인터넷이라는 공간이 있고, 나한테는 똑같은 역할을 하는 꿈이 있어. 그곳에서는 종간의 장벽이 사라지고 오로지 정신과 정신, 영혼과 영혼의 만남이 있을 뿐이야.」

피타고라스는 검은 털과 회색 털 가운데 큰 방울을 두 개 박아 놓은 듯한 파란 눈으로 여전히 나를 응시하고 있다. 그의 해박한 역사 지식에 내가 감동했듯이 그 역시 지금 내 얘기에 감동하고 있다는 증거다.

「그래, 〈모든 영혼이 대등한 관계에서 소통할 수 있는 꿈의 세계〉에서 뭘 봤는데?」

「나탈리의 영혼을 만났는데, 닫혀 있었어. 그녀와는 앞으로도 소통이 불가능할 것 같아.」

「설령 네가 그녀에게 말을 걸었어도 그녀는 너와 소통

할 수 없었을 거야. 그녀에게 너는 야옹 소리를 내는 플러시 인형과 같은 존재니까.」

피타고라스 말이 맞다.

「내가 누군지 알고 그녀가 나를 선택했다고 생각했어. 내 이름을 바스테트라고 지은 게 우연이 아니라고 믿었어. 너한테 내 이름의 의미를 듣고 나서 더 그런 확신이 들었지.」

「어쨌든 넌 적합한 통로를 찾았어. 〈샤먼이자 마녀〉인 파트리샤 말이야.」

「파트리샤는 인간 세계에 존재하는 나의 분신이야. 나처럼 그녀도 우리가 단순히 육체라는 매개에 갇힌 정신이 아니라는 확신을 갖고 있었기 때문에 다른 동식물과 소통하고자 했어. 그녀 역시 선구자야.」

같은 언어를 가진 피타고라스보다 꿈속에서 정신 대 정신으로 만난 파트리샤와 소통이 더 잘 된다는 사실이 신기하다.

말이 없이도, 더군다나 나와 전혀 다른 종과 소통이 가능하다니, 이거야말로 아이러니 중의 아이러니다.

피타고라스가 슬쩍 다가와 내 목에 코를 비비댄다. 마치 내 생각을 읽고 접촉을 통해 나와 연결을 시도하는 듯이.

우리는 무리에서 떨어져 섬을 걷기 시작한다.

피타고라스가 자유의 여신상을 향해 앞장서 걸으며 따라오라고 신호를 보낸다. 우리는 나무를 타고 올라가 조각상 받침돌과 가장 가까운 가지에서 위로 뛰어오른다. 청동 여인의 발밑에 착지한 다음 드레스에 잡힌 주름들을 따라 미끄러지지 않고 머리 꼭대기까지 올라간다.

우리는 자리를 잡고 앉아 주위를 빙 둘러본다.

「저기가 국영 라디오 방송국이야. 인간들이 TV와 라디오의 송신파를 내보내는 곳이지.」

「인터넷도?」

「아마 그럴 거야. 정확히는 모르겠어. 어쨌든 여기서 신호가 잘 잡히긴 해.」

나는 푸른 공기를 깊이 들이마신다.

「저기 봐.」

「별들 말이야?」

「행성들이지. 이런 생각을 해봤는데, 혹시 우리가……이 지구가 아닌 다른 곳에서 온 게 아닐까. 그게 어딘지는 모르지만 우리 조상들이 출현한 행성이 어디에 있지 않을까. 아주 오래전에 우리 조상들이 고양이 우주 비행사들을 태운 로켓을 발사해 그 로켓이 이 지구에 착륙한 게 아닐까.」

「펠리세트처럼 로켓을 타고 왔다고? 왜 하필 여긴데?」

「초보적인 의식 수준을 지닌 미개한 존재들이 살고 있는 원시 행성을 정복하러 왔을지도 모르지.」

「그렇다면 우리는 어쩌다 우리가 떠나온 곳을 잊어버리게 됐을까?」

「우리는 정신의 도구만 발전시켰지 기억의 도구는 발전시키지 못했으니까. 그래서 고양이들은 글을 읽을 줄도 쓸 줄도 모르지. 정보를 남길 확실한 수단이 없는 거야. 우리는 장기 기억이 없어. 최초의 개척자들은 아마 우리 역사를 자식들에게 들려줬을 거야. 그 자식들은 또 부모의 얘기를 자기 자식들에게 들려줬겠지. 하지만 전해져 내려오면서 얘기가 조금씩 변형되고 사실성마저 의심받다가 결국 하나의 흔한 이야기로, 전설로 남게 됐을 거야. 그러다 나중에는 모두에게 잊혔겠지. 불변하는 매개체에 기록되지 않은 모든 것의 운명이 그렇듯 말이야.」

나는 가슴이 두근거린다. 흥분을 반영하듯 내 꼬리 끝이 살랑살랑 움직인다.

「이집트의 바스테트 여신을 비롯해 인도와 중국, 스칸디나비아에서 고양이 머리나 몸을 가진 다양한 신과 여신들을 숭배하는 걸 보면 우리 역사가 완전히 상실된 건 아니야.」

「인간들 중에는 신기하게 우리의 기원을 우리보다 더 잘 아는 사람들이 있어. 글과 책을 통해 과거에 일어난 일을 구체적인 흔적으로 남길 수 있기 때문이야. 그게 인간들의 강점이고 우리의 약점이지. 문명의 영속을 위해 기록은 핵심적인 요소야. 책으로 남기지 않으면 어떤 진실이든 도전받게 돼 있어. 아무리 대단한 성취라도 시간이 지나면 잊히지.」

나는 그의 얘기를 들으며 할짝할짝 털을 고른다. 피타고라스의 귀가 옴찍옴찍한다.

「지금 첨단 기술을 보유한 고양이들이 살고 있는 행성을 머릿속에 그려 보고 있어. 그곳에서는 고양이가 운전대를 잡은 아주 작고 아주 빠른 차들이 도로를 달릴 거야. 비행기는 더 높이 하늘을 날 거야.」

「새처럼 생긴 비행기가 부드러운 날갯짓을 할 거야.」

나도 상상력을 보탠다.

「고양이들은 옷을 입고 있을 거야.」

「쥐 가죽으로 만든 옷이겠지?」

「두 발로 걸어다닐지도 몰라.」

피타고라스가 새로운 아이디어를 내놓을 때마다 나도 덩달아 한마디씩 덧붙인다.

「고양이들이 푸아그라를 먹을 거야. 쥐 푸아그라.」

「푸아그라?」

「그런 게 있어. 인간들이 캐비아만큼 환장하는 음식이야.」

「나도 먹어 보고 싶어.」

여전히 공상에 잠긴 피타고라스는 하늘에 흩뿌려진 별들에게서 시선을 떼지 못한다. 그의 수염이 바람에 납작하게 누웠다 일어난다.

「그들이 혹시…… 작은 인간들을 반려동물로 가지고 있진 않을까?」

나는 한술 더 뜬다.

「아니야. 인간은 지구에만 있어.」

「정말 그럴까? 정장을 입은 커다란 고양이들이 알몸의 작은 인간들을 쓰다듬어 주는 모습을, 인간들이 좋아서 어쩔 줄 모르는 모습을 난 얼마든지 상상할 수 있어. 고양이가 반려 인간에게 사료를 주고 화장실 모래를 갈아 주는 장면을 생생하게 머리에 그릴 수 있어.」

우리는 어딘가에 존재할지도 모르는 고양이 문명을 경

쟁적으로 묘사하다가 어느 순간 우리의 상상력이 인간 집사들한테서 본 것에 국한돼 있다는 사실을 깨닫고는 둘이서 몸을 꼭 붙이고 잠을 청한다.

꿈을 꾼다.
내 영혼은 육체를 떠난다. 엷은 구름 모양의 고양이 영혼. 내 영혼은 의식을 지닌 모든 살아 있는 존재들의 영혼이 모여 있는 거대한 구름에 다다른다.
지난번처럼 눈을 감고 잠들어 있는 인간들의 얼굴이 보인다. 저기, 눈을 뜨고 있는 파트리샤의 얼굴. 여전히 수용적인 그녀의 영혼.
「잘 지냈어요, 바스테트?」
「난 몰랐어요, 파트리샤 당신이…….」
「예전에는 대학교수였어요. 역사를 전공했죠. 뚱뚱한 게 싫어서 살 빼는 약을 먹었는데 부작용이 생기더군요. 편두통이 오더니 나중에는 수시로 어지럽고 표현이 조금씩 어눌해졌어요. 뒤늦게 그런 증상이 약 때문이란 걸 알고 제약 회사에 소송을 걸어 이겼어요. 그 약은 유통이 금지됐죠. 하지만 내 상황은 이미 돌이킬 수 없었어요. 발신과 수신, 다시 말해 말하고 듣는 능력을 상실했죠. 시간이 흐르면서 내 머릿속에만 갇히게 됐어요. 머릿속에 혼자 고립돼 있는 느낌, 참, 어떻게 설명할 수 없는 야릇한 느낌이죠. 그렇게 잃어버린 두 개의 감각을 보완하려고 다른 두 개의 감각을 발전시켰어요. 고립에서 벗어나 어떻게든 바깥 세계와 접촉을 유지하고 싶었거든요. 다들 시각 장애가 제일 힘들다고 하는데, 나는 들을 수 없는 게 너무 괴로웠어요. 듣지 못하면 자신이 있는 공간의 크기조차 가늠할 수 없죠. 우리한테 공간 감각을 주는 게 귀라는 사실을 알아요?」

「〈머릿속에 갇히다〉 보니 샤먼이 된 건가요?」

「그래요, 당신 말대로 갇혀 있다 보니 출구를 찾아야 했어요. 그런데…… 청각 장애인에다 언어 장애인이 할 수 있는 〈정상적인〉 직업은 많지 않아요. 그런 상황에서 내 정신이 살아남을 방법을 찾아야 했죠. 삶에서 모든 것은 결국 균형을 이루게 돼 있다고 나는 믿어요. 장애가 있으면 그걸 상쇄하는 특별한 재능이 생기게 마련이죠.」

「어쨌든 정말 대단해요! 내 메시지를 인간들에게 전달했잖아요.」

「당신도 대단해요, 바스테트! 당신의 계획이 없었으면 우린 여기 와 있지 않을 거예요.」

「솔직히 고백하자면 내가 아니라 동료인 피타고라스가 세운 계획이에요. 모든 걸 알고 일을 조직하는 건 바로그예요. 시뉴섬을 찾아낸 것도 피타고라스죠. 제3의 눈을가진 것도 그예요. 나는 그의, 뭐랄까…… 제자 정도죠.」

「방금 피타고라스라고 했어요? 피타고라스가 고대 그리스에 살았던 유명한 인간의 이름이라는 거 알아요? 그는 지능과 지혜를 겸비한 사람이었죠. 대학에 몸담고 있을 때 내 전공도 바로 그가 살았던 시대였어요. 나는 당신친구와 이름이 똑같은 그 피타고라스에게 매료됐었죠.나는 피타고라스야말로 이 지구가 배출한 가장 천재적인인간이라고 생각해요.」

파트리샤는 보면 볼수록 놀라운 사람이다.

「그의 삶에 대해 조금 더 자세히 알고 싶어요?」

「그럼요, 당연하죠.」

「피타고라스의 어머니는 아기가 생기지 않자 델포이신전의 피티아를 찾아갔어요. 고민을 들은 여사제는 그녀에게 뛰어난 재능을 두루 갖춘 아이를 낳을 거라고 얘기해 줬죠. 그래서 그녀는 아기의 이름을 〈피티아가 점지한〉이라는 뜻을 가진 〈피타고라스〉라고 지었어요. 피타고라스는 그렇게 기원전 570년, 그리스 사모스섬에서 보석 가게를 하는 부모 밑에서 태어났어요.

피타고라스는 인물이 출중하고 어려서부터 운동에 재능을 보였어요. 올림픽 격투 경기에 나가 번번이 우승을 차지했죠. 음악에도 조예가 깊어 리라와 피리를 잘 다뤘죠. 그런 아들에게 어느 날 아버지가 이집트 멤피스 신전의 사제들이 주문한 세공 반지를 갖다주고 오라고 했어요.」

「바스테트를 숭배한 그 이집트 사제들 말인가요?」

「아마 그랬을 거예요. 어쨌든 피타고라스는 멤피스에 머물면서 이집트 종교를 접하게 되죠.」

「피타고라스한테도 분명히 고양이가 있었을 거예요.」

「그런데 피타고라스가 사제들의 가르침을 받는 동안 이집트가 페르시아에게 침략을 당하고 말아요. 당시 페르시아 군대를 이끌던 왕은······.」

「캄비세스 2세죠?」

「그걸 어떻게 알아요?」

「그거야 고양이의 기본 상식이니까······.」

「청년 피타고라스는 신전들이 약탈되고 파라오가 공개 처형되고 사제들과 귀족들이 죽임을 당하는 광경을 무력하게 지켜볼 수밖에 없었어요.」

「고양이들도 죽였겠죠?」

「맞아요. 고양이들도 살해당했어요. 다행히 피타고라스는 지금의 이스라엘인 유대 땅으로 간신히 도망을 쳤어요. 거기서 히브리 사제들을 만나 유대교를 접하게 되죠.」

「대단한 여행가였네요.」

「그래요, 여행에 많은 위험이 따르던 당시로서는 아주 드문 일이었죠. 그런데 그가 머물던 유대 땅도 지금의 이라크 땅에 있던 바빌로니아 왕국의 침략을 받아요. 그는 포로로 잡혀 노예로 끌려가죠.」

「불행의 연속이었네요.」

「그렇지 않아요. 트라케에 잡혀 와 있던 오르페우스를 숭배하는 사제들을 감옥에서 만나거든요. 칼데아의 사제들도 알게 되죠. 그렇게 또 새로운 종교들을 접한 피타고라스는 사제들의 도움을 받아 감옥에서 도망쳐 동쪽으로, 인도를 향해 길을 떠났어요.」

「먼 나라죠?」

「아주 멀어요. 피타고라스는 인도에서 힌두교에도 입문하게 돼요. 이렇게 세계를 여행하면서 견문을 넓힌 그는 델포이 신전에 돌아와 새로운 피티아와 사랑에 빠지죠. 신전의 여사제들로부터 가르침을 받다가 드디어 고향인 사모스섬으로 돌아가지만, 독재하의 그리스를 떠나 다시 서쪽으로 여행을 계속해요. 그는 이탈리아 남부의 크로토네에 정착해서 주민들에게 도시의 경제와 정치의 운영을 맡아 줄 테니 학교를 설립할 수 있게 해달라고 하죠. 그는 자신이 세운 학교에서 운동과 의학, 기하학, 천문학, 지리, 정치, 시학, 음악, 심지어 채식주의까지 가르치기 시작했어요.」

「〈철학〉과 〈수학〉이라는 말을 만든 사람이 그라는 건 알고 있어요.」

「맞아요. 정확히 배웠네요.」

나는 피타고라스의 생애에 매료된 파트리샤를 물끄러미 바라본다.

「신입생 선발은 지능과 용맹성을 기준으로 엄격히 이루어졌어요. 신입생은 모든 것을 버리고 입학해야 했죠. 피타고라스 학교는 여성과 외국인, 노예에게 입학을 허가한 최초의 교육 기관이었어요. 당시로서는 상상도 할 수 없는 일이었죠.」

「학생은 몇 명이나 있었어요?」

「2백~3백 명을 넘지 않았어요. 학교에서는 강의 외에도 연구와 분석을 위한 소모임을 다양하게 운영했어요. 피타고라스는 정신과 과학 사이에 다리를 놓는 데 일생을 바쳤어요. 그는 수(數)에서 해답을 찾으려고 했죠. 피타고라스 학교 학생들은 1학년 때는 숫자 1을 통해 우주의 통일성을 이해했어요. 2학년 때는 이원성[남/여, 낮/밤, 냉(冷)/온(溫)]을 지닌 숫자 2의 신비에 입문했죠. 3학년 때는 육체-지능-정신의 삼위일체를 통해 숫자 3의 힘을 배웠어요. 4학년 때는 공기, 물, 흙, 불의 4원소로 대표되는 숫자 4의 의미를 깨우쳤죠.」

이 느낌은 뭘까. 이 모든 것이 내게는 자명하게 들려. 마치 내가 아주 오래전부터 알고 있었던 것처럼.

「피타고라스는 손에 만져지는 물질과 숫자, 이 두 가지를 가지고 우주를 바라봤어요. 공(空)에서 미세한 입자들이 수학 법칙에 의해 연결된 결과가 물질이라고 생각했죠.」

이럴 수가. 내 직감을 뒷받침해 주는 얘기잖아.

「그는 모든 측정의 근본 원리이자 훗날 건축 측량에 사용되는 피타고라스의 정리와, 형태의 조화를 결정하는 황금비를 발견했어요. 그는 〈만물의 근원은 수〉라는 철학적 신념을 가지고 있었죠. 피타고라스는 음악사에 있어서도 매우 중대한 발견을 했어요. 비스듬한 판에 걸린 현을 튕겨 피타고라스의 음률을 찾아냈죠.」

「한 인간이 그 많은 분야에서 그 많은 발견을 다 했단 말이에요?」

「기원전 495년, 피타고라스 학교 입학시험에 떨어져 앙심을 품은 크로토네의 귀족 킬론이 시민들을 부추겨 폭동을 일으켰어요. 그는 엘리트주의를 숭상하는 피타고라스학파가 일반 대중에게는 지식을 전파하지 않는다고 비난하죠. 학교 안에 보물이 숨겨져 있다는 그의 주장에 현혹된 크로토네 시민들이 건물을 불태우고 스승을 지키려는 학생과 교사들을 죽였어요.」

「한 사람의 질투심 때문에 체계 전체가 무너지는 어처구니없는 일이 벌어졌군요.」

「피타고라스는 살해됐어요. 그의 나이 여든다섯이었죠. 그의 저작은 모두 불타 없어졌지만 그의 생각은 스승의 업적과 가르침을 기억했다 후세에 전한 제자들을 통해 살아남았어요. 피타고라스 철학의 유명한 계승자로는 그리스의 소크라테스와 플라톤, 로마의 건축가 비트루비우스 등이 있어요.」

「혹시 고양이 피타고라스가 인간 피타고라스의 환생일 수도 있을까요?」

「그 말을 들으니 소름이 돋네요. 인도에 머물렀던 경험 때문인지 모르지만 피타고라스는 환생을 믿었거든요. 그는 인간과 동물로 살았던 자신의 전생을 빠짐없이 기억한다고 말했죠. 그가 끔찍이 아끼던 고양이도 여러 마리 있었어요.」

「우리 피타고라스는 자기가 지은 이름이라고 했어요.」

「실은 나도 이 그리스 철학자에게 이토록 매료되는 게 혹시 내가 그때 피타고라스 학교에서 불타 죽은 그의 제자 중 한 명의 환생이기 때문이 아닌가 생각해 본 적이 있어요. 어쨌든 교육받지 못한 야만인들과 배운 사람들 간의 이런 갈등은 유사 이래 계속 있어 왔어요.」

「피타고라스 생각도 같아요. 그는 항상 깨닫지 못한 자들이 깨달은 자들을 질투해 죽이려 한다고 말했어요.」

「모두를 계몽시켜야 해요. 그러려면 우선 우리의 정신이 지식을 받아들일 준비가 돼 있어야 해요. 준비가 없는 상태에서 지식이 주입되면 왜곡해서 이해하게 되니까요. 지식의 도구를 건설이 아닌 파괴에 사용할 테니까요. 실재적 정보를 거짓말로 둔갑시켜 동시대인들을 억압하는 데 쓸 테니까요. 이런 관점에서 르네상스 시대의 위대한 프랑스 인본주의자 라블레는 〈의식의 뒷받침이 없는 과학은 영혼의 파괴를 부를 뿐이다〉라고 말했죠.」

어쩌면 시뉴섬에서 우리가 겪고 있는 일도 과거에 닥쳤던 수많은 위기와 비슷한 맥락이 아닐까. 지금 내가 하고 있는 이 전쟁은 단순히 영토 전쟁이나 생존 전쟁이 아니다. 이것은 문명 대 야만의 전쟁이다. 바스테트를 숭배하던 사제들을 죽인 캄비세스 2세, 피타고라스의 제자들을 죽인 킬론, 무종교 학교들에 테러를 자행한 광신도 테러리스트들, 그리고 지금 우리를 공격하는 쥐들.

「다가올 전투가 두려워요.」

나는 몸서리치며 말한다.

「나도 마찬가지예요. 우리 문명이 붕괴되면 재건까지 너무 많은 시간이 걸릴 거예요.」

「당신한테 특별한 청이 하나 더 있어요. 전투가 시작되면 어떤 노래를 좀 틀어 달라고 인간들에게 부탁해 줄래요?」

나와 파트리샤는 물질의 세계에서 잠이 깨기 위해 각자의 몸으로 돌아가기로 한다.

은빛 구름으로 흩어져 있던 내 영혼은 다시 둥근 공 모양으로 뭉쳐 내 뇌 속 비좁은 집으로 돌아온다.

29

시뉴섬

눈꺼풀이 들려 올라간다. 속눈썹이 가늘게 떨린다.

하늘가에 연보랏빛이 돌다 스러지자 밤이 어둠을 풀어
놓는다. 별이 촘촘히 돋는다.

곁에서 잠들었던 피타고라스도 몸을 일으킨다. 우리는
함께 자유의 여신상을 내려가 천막을 치고 야영 중인 인
간들에게 간다.

벌써 섬에 공동체를 형성한 우리 소식을 듣고 뜻을 같
이하기 위해 합류한 무리가 보인다. 비축한 식량이 떨어
지자 살길을 찾아 필사적으로 달려온 남녀노소. 굶주림
에 시달리다 생존을 위해 어쩔 수 없이 집단생활을 수용
한 고독한 고양이들.

나탈리에게 임무를 받고 나갔던 인간들이 공사 현장에

서 구한 장비를 트럭에 싣고, 탱크로리를 몰고 속속 돌아온다. 그들은 집사의 지시에 따라 섬과 강변을 잇는 세 다리인 비르아켐 다리, 루엘 다리, 그르넬 다리에 신속히 폭약을 설치하고 그르넬 다리에서 섬으로 내려오는 계단 가까이에 트럭들을 주차한다.

폭파를 지휘하는 집사가 신호를 보내자 폭발음과 함께 파시[2]로 연결되는 다리 일부가 주저앉는다. 여기저기서 인간들이 박수를 치고 고양이들은 환호의 야옹 소리를 내지른다. 지상 전철이 지나다니는 철교와 비르아켐 다리의 양 날개도 곧 풍경에서 사라진다.

이제 물에 들어가지 않고 센강 양안으로 건너갈 방법은 없다. 우리는 검푸른 강물에 둘러싸여 세상으로부터 고립돼 있다.

사자 한니발이 강물을 바라보며 포효한다. 그의 울음소리가 우리의 마음을 절절히 표현하고 있다. 안전하다는 안도감과 고립됐다는 불안감.

피타고라스한테서만은 초조한 기색을 읽을 수 없다.

그는 눈을 감고 제3의 눈을 이용해 내 두 눈과 수염은

2 센강 우안에 위치한 16구 부촌의 지명.

감지할 수 없는 정보를 수집하는 중이다.

「쥐들이 결집하고 있어. 당장 공격을 개시할 태세야. 모두 각자 맡은 방어 위치로 가야겠어.」

나도 눈을 감는다.

이제 나는 꿈에서가 아니라도 얼마든지 내 영혼의 구름을 시각화할 수 있다. 구름이 서서히 확장되자 주변에서 팔딱이고 있는 생명이 감지된다.

강변에 위치한 집들에서 겁에 질린 채 창가에 서서 우리를 지켜보고 있는 인간들. 시뉴섬 근처에서 벌어지는 소란의 정체를 궁금해하며 하늘을 날고 있는 비둘기들.

그리고 강둑에서 우리의 동태를 예의 주시하고 있는 쥐 떼. 그들이 발톱으로 바닥을 긁어 대는 소리까지 귀에 잡힌다.

높은 나뭇가지에 새까맣게 떼를 지어 앉아 소리를 죽인 채 아래를 내려다보고 있는 갈매기와 까마귀 들.

빠드득빠드득하는 소리가 갈수록 커진다. 쥐들이 앞니를 갈며 우리를 위협하기 시작한다.

주변을 둘러보다 보니 불안한 얼굴의 나탈리가 눈에 들어온다. 내가 다가가자 그녀가 나를 쓰다듬으며 인간의 언어로 속삭이듯 중얼거린다. 그녀가 내 이름을 자꾸 자꾸 부른다.

나는 갸르릉 소리를 내기 시작한다.

나는 무섭지 않다, 집사도 조금도 두려워할 필요가 없다고 말해 주기 위해 나는 파장을 바꾸어 갸르릉거린다.

나탈리가 울음을 쏟는다. 나는 흐르는 눈물(짭짤한 맛이 갈수록 좋아진단 말이야)을 핥아 주고 나서 그녀에게 안기듯 몸을 기댄다. 그녀처럼 자연스럽게 친밀감이 느껴지는 존재들은 우리의 한계를 뛰어넘고 싶게 만든다. 반면에 우리의 발목을 잡아 에너지를 소진시키는 (가령 그녀의 수컷인 토마 같은) 존재들은 자신들이 우리에게 중요한 존재라는 것을 보여 주려 할 뿐이다.

안젤로와 피타고라스, 나탈리, 그리고 얼마 전부터 파트리샤는 내게 필요한 존재들이다. 볼프강과 에스메랄다, 한니발도 언젠가 그런 존재가 될지 모르지만 아직은 관계를 넓히고 싶지 않다.

어린 인간들이 근처 공사 현장에서 수거해 온 장비로 망루를 세우고 막사를 짓느라 분주하다. 쌍안경과 화염 방사기, 기관총으로 무장한 보초들이 경계 태세에 돌입한다.

그들의 감정이 내게 전해져 온다.

극도의 불안과 흥분 상태.
내 숨결이 거칠어지고 있다.
내 심장이 달음박질을 한다.
죽음이 다가오고 있다.

30

발톱과 이빨

초조한 기다림.

안젤로와 에스메랄다, 볼프강이 모닥불을 쬐고 있는 내 옆으로 다가온다.

볼프강이 야옹 하면서 말을 시작한다.

「숱한 일을 겪으면서 많은 생각을 하게 됐어. 프랑스 대통령인 집사가 날 버리고 도망을 치고 인간들이 서로 죽고 죽이는 모습을 보면서 솔직히 그들에게 정이 떨어졌어.」

대통령의 고양이는 아무렇지 않게 심상히 말한다.

「나도 똑같이 버림받았지만 집사를 원망할 생각은 없어요. 특수한 상황이었으니까.」

에스메랄다가 끼어든다.

「나는 집사를 다시 만났잖아요. 당신들도 언젠가 재회하게 될지 몰라요.」

나는 그들에게 위로의 말을 건넨다.

「곰곰이 생각해 봤는데, 쥐들이 인간을 이기고 우리까지 이긴다면 우리보다 우월하다는 증거가 아닐까? 충분히 세계를 통치할 자격이 있다는 뜻일 수도 있어.」

볼프강이 갸웃거리며 생각을 풀어놓는다.

안젤로는 좀이 쑤신 듯 우리 주위를 뱅뱅 돈다.

「위기 상황에서 어떤 종 전체에 대한 판단을 내리는 건 무리예요.」

나는 그의 의견에 선뜻 동의할 수 없다.

「나는 미래가 두렵지 않아요. 여태껏 잘 살았으니 〈일시적인 어려움〉을 겪는 건 당연하다고 생각해요. 모든 존재가 가만히 있지 않고 소통하려는 건 무위라는 끔찍한 적과 싸우기 위해서일 거예요.」

「그럴까? 할 일만 있으면 모든 종과 개체가 자기 자리를 지키고 있을까?」

볼프강의 반론을 경청하는데 갑자기 강둑에 버려진 자동차들 뒤로 쥐 그림자가 휙휙 지나간다. 쥐들은 헤엄을 치지 않고는 땅 밑이나 다리를 통해 우리를 급습할 수 없는 상황에 직면해 가슴을 치고 있을 것이다.

문득 캄비세스와 그를 따르던 적병들이 물로 뛰어들어 우리를 따돌리고 도망치던 장면이 떠오른다.

나탈리가 이 점을 감안해서 방어 작전을 수립했어야 하는데.

고양이들이 불안한 마음에 폭식을 해대는 바람에 캐비아와 사료는 진즉 바닥이 나고 남은 건 부자연스러운 색깔과 질감을 지닌 인간의 음식뿐이다. 다 내 입에 맞진 않지만 개중에는 피타고라스가 마요네즈라고 말해 준 음식처럼 의외로 맛있는 것도 있다. 끈적하게 수염에 달라붙는지도 모르고 먹을 만큼 나는 마요네즈 맛에 반했다.

마땅한 놀이 상대를 찾지 못한 안젤로가 달팽이를 발견하고 신기해하며 앞발로 톡톡 건드린다. 달팽이는 영 달갑지 않은 기색이다. 가끔은 무사태평한 안젤로 녀석이 부럽다. 피타고라스를 통해 우리 종의 역사를 배우지 않았더라면 차라리 속 편하지 않았을까. 인간들에게 사랑과 박해를 번갈아 받았던 고양이의 역사를 모른 척해 버리고 싶을 때가 있다.

복숭앗빛 하늘이 서서히 자줏빛을 띠기 시작한다. 갑자기 고양이 울음소리가 정적을 가른다.

〈적이 쳐들어온다!〉

순찰대에 경보가 전달되자 트럭들이 일제히 경적을 울려 비상사태를 알린다. 강둑에서 적들이 이를 부딪치는 소리를 묻어 버릴 만큼 요란한 소리가 섬에 울려 퍼진다.

한니발이 하늘을 올려다보며 포효한다.

나는 주변 전경이 한눈에 들어오는 자유의 여신상 꼭대기로 재빨리 뛰어올라 간다.

적들이 무리를 지어 강으로 뛰어들고 있다. 수십, 수백, 수천, 수만, 아니 수십만 마리일지도 모른다!

조금 전만 해도 잿빛 물결이 일렁이던 센강에 거대한 밤색 카펫이 깔린 것 같다.

우리는, 6백 마리에 가까운 고양이와 2백 명의 인간은, 동요하지 않고 결사 항전의 자세로 적들을 기다린다.

피타고라스한테서는 여전히 불안한 기색을 읽을 수 없다. 그는 제3의 눈으로 인터넷에 접속해 감시 카메라들에 포착되는 적들의 진격 상황을 지켜보고 있다.

나탈리가 소리를 지르며 명령을 내린다. 어린 인간들이 탱크로리들 주변을 분주히 오가며 굵은 파이프들을 센강으로 굴려 보내기 시작한다. 파이프들이 강물에 둥둥 뜨자 인간들이 원격 조작에 들어간다.

익숙한 냄새가 강물에서 진동한다.

고양이들은 쥐 군대의 전진(前陣)이 곧 시뉴섬 기슭에 당도할 것에 대비해 전투태세에 돌입한다.

쥐들이 압도적인 수적 우위를 이용해 섬을 사면에서 포위하고 공격해 오기 시작한다.

나는 부리나케 달려 내려가 안젤로부터 찾는다. 위험을 감지하고 사지를 벌벌 떠는 아이에게 한니발 뒤에 가서 숨되 절대 다리 사이에서 알짱거리지 말라고 신신당부하고 나서 적군이 가장 먼저 당도할 것 같은 지점으로 향한다.

이때, 칼라스의 음성이 바람을 타고 울려 퍼진다. 강렬하고 웅장한 노랫소리.

차들의 스피커에서 일제히 소리가 흘러나오는 걸 보니 파트리샤가 성공적으로 메시지를 전달해 인간들이 인터넷에서 이 곡을 찾아 틀고 있는 게 분명하다.

노랫소리는 갈수록 커지고 적들은 차근차근 육박해 온다.

아직 입수하지 않은 쥐들이 강 건너에서 요란한 이갈이 소리를 내면서 최전선의 아군을 응원하고 있다. 헤엄을 치는 쥐들이 구령 같은 소리에 이따금 화답하기도 한다.

나는 쥐들의 언어를 모르지만 그들의 생각만은 확실히 감지할 수 있다. 〈죽여라.〉

갑자기 등골이 오싹한다.

내 에너지원은 칼라스의 노랫소리. 나는 그녀의 노래에서 싸울 힘을 얻는다.

나는 이빨을 앙다문다. 어금니 문명과 송곳니 문명의 대결.

나는 발톱집에서 발톱을 꺼내 세운다.

촘촘히 대오를 짜서 헤엄쳐 오는 쥐들의 모습이 마치 거대한 갈색 덩어리가 강물에 떠 일렁이는 것 같다.

별안간 한 무리의 민첩한 쥐들이 움직이는 카펫 같은 대열을 이용해 동족들을 밟고 질주하기 시작한다. 설치류들이 우리를 향해 돌진해 온다.

나탈리가 손가락 사이로 휘파람 소리를 내자 활을 든 어린 인간들이 화살 끝에 불을 붙여 쏘아 대기 시작한다. 불붙은 화살들이 포물선을 그리며 날아간다.

시뉴섬 주변이 순식간에 불길에 휩싸인다.

어둠에 잠겨 있던 강물이 불을 밝힌다.

맞아, 이 독특한 냄새는 바로 석유 냄새였어.

나탈리가 다가오는 침입자들을 향해 화염 방사기를 난

사한다.

검은 강물 위로 거대한 불기둥이 치솟는다. 혼란에 빠진 쥐들이 우왕좌왕한다. 극히 일부는 방향을 돌려 달아나지만 대부분은 계속 헤엄쳐 오다 무서운 기세로 달려드는 고양이 병사들의 공격을 당하거나 기관총 세례를 받는다.

석유 냄새와 털이 타는 역한 냄새가 공기에 자욱하게 퍼진다.

전력이 약화된 속에도 수천 마리가 넘는 쥐들이 강기슭에 도달한다.

땅을 밟은 어마어마한 쥐 떼 사이에서 거대한 실루엣 하나가 눈길을 끈다.

캄비세스!

그는 몸에 불이 붙었지만 개의치 않고 용맹하게 뭍으로 올라온다.

에스메랄다의 시선이 그를 향한다. 나는 그녀가 몸을 움직이기 전에 득달같이 그를 향해 달려간다. 전공을 세울 기회를 가로채게 놔둘 순 없어. 그것만은 절대 안 돼! 무소유의 정신에도 한계가 있어.

나는 벼락같이 내달려 그와 마주 보고 선다. 검게 탄 털에서 후추 냄새가 난다. 불에 그슬린 수염이 굽슬굽슬 말려 있고 눈에는 핏발이 서 있다. 우리는 서로를 향해 돌진한다.

육탄전. 발과 발톱, 이빨이 맞붙는다. 우리는 한데 뒤엉켜 우거진 수풀 속을 뒹군다. 캄비세스의 길쭉한 앞니가 내 어깻죽지에 박힌다. 고통.

정신과 달리 육체는 이처럼 고통의 신호를 보내는 게 단점이다. 나는 비명을 지르지 않으려고 이를 앙다물고 반격에 나선다. 그의 등을 세게 무는 순간 피가 꿀럭 목구멍으로 흘러들어 온다. 맛이 과히 나쁘진 않다. 나는 턱에 힘을 가한다.

캄비세스의 긴 꼬리가 내 귀를 찰싸닥거린다. 귓바퀴가 유난히 예민한 나는 고통을 참지 못하고 그를 입에서 놓는다. 그는 이 틈을 타 금방 전세를 역전시킨다. 나는 그의 힘과 기세에 완전히 눌리고 만다.

에스메랄다가 쏜살같이 나를 구하러 달려온다. 그녀가 뒷다리로 서서 기선을 제압하더니 긴 신장을 이용해 캄비세스를 위에서 내리 덮친다. 살이 오른 그의 오른쪽 뒷다리를 송곳니로 힘껏 문다.

그가 끄응 소리를 내며 나를 놓는다.

그녀와 나는 동시에 그에게 달려든다.

불타는 강물에서 시커먼 연기가 피어오르고 고음으로 치닫는 칼라스의 노랫소리가 대기를 가득 메운다.

부상을 입은 쥐들의 왕은 우리 둘에게 다시 덤비지 못하고 망설인다.

그의 영혼에서 분노가 읽힌다.

왜 이런 폭력이 계속 반복돼야 하는 거지?

힘의 대결에서 벗어나는 순간 폭력은 사라지지 않을까.

나는 그에게 소통을 시도한다.

캄비세스, 난 너한테 원한이 없어, 이제 죽음은 그만 퍼뜨리고 공존과 화해의 길을 모색해 보는 게 어때.

내 메시지를 수용할 마음이 없는지 그가 악다문 입으로 짧은 분노의 소리를 뱉는다. 벌써 왕의 도주를 돕기 위해 쥐들이 몰려오고 있다.

캄비세스가 강물로 뛰어들더니 불에 탄 적병들의 시체가 널빤지처럼 깔린 위를 내달리기 시작한다. 여전히 불길이 넘실거리는 강물에서 요리조리 방향을 바꾸며 순식간에 시야에서 사라진다.

어차피 추격할 마음도 없었지만 쫓아갔어도 널빤지가 내 무게를 견디지 못해 가라앉았을 것이다.

「됐어. 매번 이길 순 없잖아.」

에스메랄다가 다가와 위로를 건네며 내 상처를 핥아 주기 시작한다.

라이벌이 다정하게 구니까 더 짜증이 나네! 하지만 나는 그녀를 뿌리치지 않고 가만히 바라본다. 어쨌든 그녀는 내 아들의 목숨을 구해 주고 보호해 주고 젖까지 내줬어. 전투에서 내 옆에 서서 싸웠고, 캄비세스와 결투 중에 곤경에 처한 나를 구해 줬어. 목표를 달성하지 못한 나를 판단하지도 않았어. 심성이 나쁘지 않아. 그래, 처음에 나한테 서툴게 굴었던 건 용서해 주자.

옹벽을 올라온 수천 마리의 쥐 떼와 고양이와 인간을 다 합쳐야 기껏 수백인 아군이 치열한 전투를 벌이고 있다.

이러고 있을 때가 아니지.

에스메랄다와 나는 적군과 아군이 뒤엉켜 있는 아수라장으로 달려가 이빨과 발톱 공격을 펼친다. 연료가 떨어진 화염 방사기 대신 검을 휘두르는 나탈리의 모습이 멀리서 눈에 들어온다.

그녀 옆에서 신발 뒤축을 유일한 무기로 삼아 싸우고 있는 인간들이 보인다. 한니발도 여전히 쥐들과 맞서고 있다. 살아 움직이는 살상 기계.

나는 혼신의 힘을 다해 적과 맞서 싸운다. 우리의 요새인 섬을 지켜 내겠다는 열의에 차 피로감조차 느끼지 못한다.

날이 밝아 온다. 전투가 얼마나 오래 계속됐는지 모른다.

끊길 줄 모르고 울려 퍼지던 칼라스의 노랫소리는 멈췄다.

주변에서 미세한 움직임 하나 감지되지 않는다.

나는 여전히 거친 숨을 몰아쉰다, 심장은 아직도 쿵쾅거린다, 몸의 상처가 화끈거린다.

나는 넋이 나가 있다.

시간 감각을 완전히 상실했다.

시뉴섬 전투는 샹젤리제 전투보다 훨씬 길게 느껴졌다. 희생자 또한 비교할 수 없이 많을 것이다.

나는 차차 안정을 되찾는다. 피타고라스가 다가오는 게 보인다.

「우리와 대화가 가능한 쥐들이 틀림없이 있을 텐데 찾기 쉽지 않을 거야. 대부분이 여전히 폭력을 숭배하고 있으니까. 그들에게 약자는 무조건 제거해야 하는 대상이야. 폭력은 유약한 영혼들을 제압하기 위한 소통 방식이지.

쥐들은 병들고 다치고 노쇠한 동족들은 모두 없애 버려.」

나는 골똘히 생각한 끝에 묻는다.

「본래 나쁜 종이 있는 게 아니라 공포에 사로잡힌 무지한 개체가 있을 뿐이라고 네가 말했잖아?」

「물론 교육을 통해 부모가 얼마든지 다른 가치를 가르칠 수는 있어. 가령 개미는 자식에게 상부상조의 가치를 주입하지만 쥐는 경쟁과 배제의 가치를 주입하지.」

「결국 쥐들과는 화해할 가능성이 전혀 없다는 얘기야?」

「(우리가 인간들과 화해했듯이) 쥐들과도 화해할 날이 올 수 있겠지. 하지만 그들이 다른 존재들을 지배하겠다는 욕심을 버려야 가능해. 잔인한 침략자들과는 평화를 구현할 수 없어.」

나는 피타고라스를 물끄러미 바라본다. 나는 아직 이런 거대한 주제에 대해서는 분명한 의견이 없다. 하지만 고민을 시작했다는 자체가 이미 내 정신이 한발 물러나 거시적 차원에서 시간과 공간을 대할 줄 알게 됐다는 것을 의미한다. 예전에는 쥐들이 세상을 지배할까 봐 두려웠다면 지금은 쥐들이 다른 종들과 화합할 수 있을지 고민한다.

내가 너무 순진한가?

인간이 세상을 지배할 때는 모든 게 단순했다. 하지만 인간들이 실패에 맞닥뜨렸으니 다른 동물이 나서서 이상적인 미래의 비전을 제시해야 한다.

불에 탄 쥐들의 사체를 싣고 흐르는 강물이 찰싹거리는 소리만 간간이 들릴 뿐, 시뉴섬은 정적에 휩싸여 있다. 나는 뒷다리로 땅을 딛고 서서 목을 길게 늘여 하늘을 올려다본다. 몸속 깊은 곳에서 끌어 올린 포효 같은 울음을 내뱉는다. 칼라스처럼 비브라토로 길게 울음을 늘인다. 예전에 꾸었던 꿈에서처럼 고양이들이 일제히 같은음으로 따라 울며 합창하기 시작한다.

우리와 함께 전투를 치른 어린 인간들도 같은음으로 소리를 보탠다. 나탈리도 야옹거리는 듯한 소리로 노래한다. 인간에게 말은 할 수 없어도 인간이 야옹거리게 만들었으면 소통을 향한 나의 대장정에서 진전이라면 진전 아닌가!

듣고만 있던 한니발이 가세해 굵직한 소리로 저주파 음역을 오간다. 안젤로도 질세라 가느다란 고음으로 노래를 따라 부른다.

압도적인 전력을 지닌 적들을 물리쳤다는 기쁨과 환호를 담은 노랫소리가 소리층을 만들어 하늘로 울려 퍼진다.

피타고라스가 그윽한 눈길로 나를 바라본다. 이 짧은 순간, 자신의 감정을 의심하고 무감각한 존재임을 자처해 온 그가 내게 가진 존경의 마음이 전해져 온다.

그가 했던 가르침의 말들이 다시 떠오른다.

31

피타고라스의 지혜

〈내게 무슨 일이 벌어지든 다 나를 위한 것이다.

이 시간과 공간은 내 영혼이 현신을 위해 선택한 차원이다.

내가 사랑하는 이들과 친구들은 내가 얼마나 사랑할 수 있는지 깨닫게 해준다.

내 적들과 삶의 여정에서 만나는 무수한 장애물들은 나의 저항력과 투쟁력을 확인하게 해준다.

내가 부닥치는 문제들은 내가 누구인지 깨닫게 해준다.

나는 내 행성을 선택했다.

나는 내 나라를 선택했다.

나는 내 시대를 선택했다.

나는 내 부모를 선택했다.

나는 내 육체를 선택했다.

나를 둘러싼 것이 내 욕망에서 비롯됐다고 인식하는 순간 나는 불평할 수도 부당하다고 느낄 수도 없다.

더 이상 이해받지 못한다고 느낄 수도 없다.

나는 내 영혼이 앞으로 나아가기 위해 이런 특정한 시련들이 필요한 이유를 이해하려고 노력할 뿐이다.

혹시라도 내가 잊어버릴까 봐 이 메시지는 밤마다 꿈으로 나를 찾아온다.

나를 둘러싼 모든 것은 내게 가르침을 주기 위해 존재한다.

내게 일어나는 모든 일은 나를 진화시키기 위해 일어난다.〉

32

2보 후퇴 3보 전진

나는 에스메랄다처럼 두 발로 서보려고 애를 쓴다. 뒷다리에 힘을 주어 몸을 일으킨 다음, 두 발로 몸을 단단히 지탱하면서 발을 조금씩 떼어 평형을 유지한다. 장시간 직립을 유지하는 게 생각만큼 어렵지는 않다.

피타고라스가 두 발로 걷는 나를 물끄러미 바라본다.

「기존 체제를 대체할 더 나은 세상을 제안하지 못하고 그 체제를 파괴하는 데 그친다면 아무 의미가 없어. 새로운 세상을 만들기 전까진 여길 떠나면 안 돼. 시뉴섬은 우리가 새로운 〈공생〉의 모델을 만들기 위한 안전한 실험실 역할을 해야 해.」

강둑에서 개들이 우리를 건너다보며 컹컹거린다.

샤먼인 파트리샤가 소통의 통로 역할을 하는 개를 찾

아 무리를 여기로 데려오게 한 게 틀림없다. 새들도 하나 둘 섬으로 날아든다. 비둘기, 참새, 박쥐가 드문드문한 나무들 위에 둥지를 틀고 쩍쩍거리고 쉭쉭거리면서 우리에게 응원을 보낸다.

나는 여전히 몸을 수직으로 세우고 서 있다. 피타고라스도 뒷다리로 땅을 딛고 선다.

「단번에 할 순 없어. 단계별로 서서히 될 거야. 너무 급히 서두르면 우리가 여태 이룬 게 물거품이 될 수도 있어.」

피타고라스가 다리를 치켜들어 머리를 비빈다.

「우리한테는 지식을 전파할 곳이 필요해.」

「크로토네에 있었던 피타고라스의 학교처럼?」

「네가 그걸 어떻게 알아?」

뒷다리로 한참 서 있었더니 근육이 땅기기 시작한다. 내가 바닥에 앉자 피타고라스도 곁에 와서 앉는다.

「나도 나름대로 지식을 얻는 방법이 있지.」

피타고라스가 깜짝 놀라니까 은근히 기분이 좋은걸.

「그건 그렇고, 하던 얘기나 마저 해봐. 그 〈학교〉를 어떤 식으로 운영할 생각인데?」

「그러니까, 여기서, 우리끼리 새로운 바탕 위에 작은 사회를 건설하는 거야. 그 사회가 완벽한 모양을 갖추면

고양이들을 교육시키는 거지. 물론 개들도 교육이 가능해. 그리고 우리 지식을 이 섬 바깥으로 전파하는 거야.」

「쥐들의 왕인 캄비세스가 살아 있으니까 반드시 다시 공격해 올 거야.」

「지난 전투에서 희생된 만큼 병력을 보충하려면 시간이 꽤 걸릴 거야. 탈영하거나 반기를 드는 쥐들이 나올 거야. 아무도 패장을 계속 따르려 하지는 않을 테니까.」

「앞으로 어떤 일이 벌어질까?」

「당장 힘센 수컷들이 왕에게 도전하겠지. 그가 전쟁을 효과적으로 이끌지 못했다는 결론을 내릴 테니까. 우리가 자신들의 공격에 끄떡없는 걸 확인했으니까 더 집요하게 우리를 파괴하려는 놈을 새 우두머리로 추대할 거야.」

「다시 되풀이된다는 말이야?」

「힘과 수적 우세만을 중시하는 그들의 문화에서는 우리를 없애는 것 외에 다른 대안이 보이지 않을 거야. 그들이 병력을 충원하는 동안 우리는 종간 연대를 강화할 거야. 고양이, 사자, 어린 인간, 개, 비둘기, 까마귀, 박쥐, 소, 돼지…… 모든 동물이 손을 잡는 거지. 쥐가 두려운 동물은 누구라도 우리 섬에 합류할 수 있어. 교육을 위해 우리는 여기서 최대한 오래 버텨야 해. 먼저 깨우친 자들이 무지한 자들에게 지식을 전파해야 해.」

「도시 핵심부가 여전히 쥐들의 손아귀에 있으니까 피타고라스 학교는 시뉴섬에 한정되겠네. 버틸 동안 먹을 식량은 충분히 있어?」

나는 실용주의자답게 질문을 던진다.

「당연히 여기서 농사를 짓기 시작해야지. 불에 반쯤 익은 쥐들의 사체가 널려 있으니까 당분간 단백질 섭취에는 문제가 없어. 거름으로도 쓸 수 있고.」

얘기가 한창 무르익는데 안젤로가 젖을 달라고 칭얼거린다. 나는 아이한테 신경 쓸 정신이 없어 에스메랄다에게 맡긴 다음 조용한 곳을 찾아 대화를 계속하자고 피타고라스에게 눈짓을 보낸다.

우리는 다시 자유의 여신상 꼭대기에 올라가 앉는다. 높은 곳에서 내려다보니 패전한 쥐들의 사체가 연기를 뿜으며 거대한 카펫처럼 강물에 깔려 있는 모습이 괴기스럽기까지 하다. 전쟁의 끝은 이렇구나. 전쟁에 참가한 모든 존재의 생명이 이렇게 한순간에 사라지는구나.

「자신을 피타고라스학파로 여긴 로마의 철학자이자 황제 마르쿠스 아우렐리우스는 로마 제국을 넘보는 야만인들에 대해 이렇게 말했어. 〈그들을 교육시키거나 그들에게 당할 각오를 하거나 둘 중 하나다.)」

센강에 떠 있는 쥐들의 사체를 내려다보면서 나는 이 모든 것이 잘못된 교육의 결과일지도 모른다는 생각을 한다.

「어차피 페스트는 사라질 거야. 지금부터 우리는 우리 공동의 미래가 달린 문화에 대해 진지하게 고민해야 해. 마지막 남은 지혜로운 인간들이 그들의 지식을 다른 동물종들에게 전해 줄 때가 왔어.」

나는 회의적인 반응을 보인다.

「우리 공동체는 현재 고양이 480마리(전투에서 120마리가 희생됐어)와 인간 180명(페스트가 옮을까 봐 멀찌감치 떨어져 싸웠기 때문에 상대적으로 희생이 적었지)으로 구성돼 있어. 제3의 눈으로 인간의 지식을 받아들일 수 있는 건 딱 피타고라스 너 하난데 어떻게 인간이 고양이를 가르칠 수 있다는 건지 모르겠어.」

「일단 내가 열 마리 정도 먼저 교육시키는 거야. 그러면 나한테 배운 고양이들이 스승이 되어 각자 열 마리씩 제자를 기르는 거지. 그렇게 대상을 계속 늘려 가면 돼.」

「그러면 언제나 한 방향으로만, 다시 말해 인간에게서 고양이에게로만 교육이 이루어지는 거잖아?」

「너는 파트리샤와 얼마든 반대 방향으로 교류해도 돼. 그게 꼭 필요한지는 모르겠지만.」

그래, 제 버릇 개 줄까, 자기 재능만 대단하고 내 재능은 아주 우습지. 수컷들의 뇌 구조가 변할 리 있나.

「그다음부터는 기억이 핵심이야. 단순히 수신과 발신에 머물러선 안 돼. 이런 소통 방식은 일시적이기 때문에 기억에 영원히 남길 방법을 찾아봐야 해. 우리가 획득한 지식을 기술에 의존하지 않고 고정시킬 방법을 찾아야 한다고. 인터넷이 작동하려면 안테나와 케이블이 필요하고 전기도 있어야 하는데 인간이 없으면 불가능해지잖아. 게다가 인간들은 그들 손으로 과학자들을 무수히 죽였어. 결국 인터넷은 시간이 지나면 작동이 멈추게 돼 있어. 전력 공급 장치가 작동하지 않으면 인터넷은 꺼질 수밖에 없어. 그러면 그 안에 든 모든 정보가 한순간에 사라지는 거야.」

생각만 해도 몸서리가 쳐진다.

「먼지가 바람에 날리듯 5천 년의 지식이 훅 사라질 수 있다니…….」

「한 가지 해결책이 있긴 있어.」

「그게 뭐야?」

「책이야. 가장 확실하고 시간에 버틸 수 있는 유일한 기억의 도구지.」

피타고라스는 왜 이토록 책을 중요하게 여길까? 책은 나도 본 적이 있어서 안다. 내 눈엔 그저 페이지마다 그림과 인간의 글씨가 빼곡한 평범한 물건에 불과한데 피타고라스는 왜 이렇게 대단한 물건이라고 생각하는 걸까?

「어차피 우린 글을 못 읽잖아!」

「우리도 언젠가는 글을 배워야 해. 그렇지 않으면 우리가 지금까지 이룩한 것, 우리가 겪은 모든 것이 물거품이 되고 말 거야.」

「그런데 말이야, 언젠가 인간도 공룡처럼 사라지게 될까?」

나는 발을 핥짝거리다 다리를 들어 귀를 비비댄다.

「무슨 걱정이라도 있어, 바스테트?」

「여태까진 인간이 우리에게 음식과 생활의 편의를 보장해 줬잖아. 그 뭐냐, 인간 특유의 개념, 왜, 지난번에 네가 말한 그거……」

「〈노동〉 말이야?」

「그래, 지금까진 인간이 우리를 위해 노동을 했잖아. 농사를 짓고 가축을 길러서 우리 사료에 들어가는 곡물과 고기를 공급해 줬지. 만약 그런 인간들이 사라진다면, 그래서 우리가 그들이 하던 일을 배워서 해야 한다면, 기술, 과학, 기계, 농사, 목축, 기록, 책…… 이런 걸 우리가 다 해야 한다면 말이야…….」

「그래서, 뭐? 뭐가 문제야?」

「내 말은, 그렇게 되면 우리가…… 인간에 이어서 우리가…… (목에 걸린 가시처럼 이 말을 뱉기가 이렇게 힘드네……) 〈노동〉을 해야 되잖아?」

피타고라스가 갑자기 딸꾹질 같은 소리를 내며 쌕쌕댄다. 내 나름대로 핵심적인 문제를 제기했는데, 그는 생전하지 않던 이상한 행동을 한다. ……웃음!

그는 목으로 계속 이상한 소리를 내다가 마치 자기 상태를 눈으로 확인하기 싫다는 듯 앞발을 들어 눈을 가리더니 몸까지 들썩이기 시작한다. 그가 숨을 쉬지 않는 것 같아 나는 순간 공포에 질린다. 하지만 트림하듯 이상한 소리를 낼 뿐 멀쩡한 걸 확인하고 나는 다시 얘기를 이어 간다.

「나는 아침 일찍 일어나 집을 나가서, 물건을 만들기 위해 동족 고양이들과 함께 터널로 들어가는 모습이 상상이 안 돼. 내가 책을 쓰는 것도 머릿속에 그려지지 않

아. 논밭을 일구고…… 땀을 흘린다……. 이건 상상할 수 없어, 도저히 안 돼! 솔직히, 우리 고양이들이 격 떨어지게 집사들처럼 노동을 하는 게 용납이 안 돼.」

피타고라스가 가까스로 숨을 고르고 나를 똑바로 쳐다본다.

「그래서 너는, 다른 제안이라도 있어?」

「만약 인간들이 이번 페스트에서 살아남으면, 매번 많은 숫자가 죽었지만 멸종할 만큼은 아니었다고 네가 그랬잖아, 옛 체제를 복원하는 게 좋겠어.」

동의하기 힘든 듯 피타고라스가 고개를 가로젓는다. 나는 꿋꿋이 견해를 밝힌다.

「인간은 80억 명이고 우리는 4억 마리라고 했지? 이번 재앙을 겪고 나면 인간의 숫자가 엄청나게 줄겠지, 지금보다 가령…… 절반은 줄까?」

「4분의 3은 줄 거야. 계속해 봐.」

「그만큼 줄어도 여전히 인간이 우리보다 많을 거야. 그러니까 인간들이 지금처럼 노동하게 놔두자. 농사도 짓고 도시도 관리하게 놔두자고. 대신 우리 고양이들은 어떤 영적 흐름을 만들어서 인간들의 진보를 도와주는 거야.」

피타고라스는 이 제안을 탐탁지 않게 여기지만 나는

개의치 않는다.

「저기, 우리와 함께 쥐들과 맞서 싸운 어린 인간들을
봐. 이전 세대가 저지른 잘못 때문에 피해를 입고 대신 대
가를 치르고 있어. 하지만 우리가 힘을 합치면 승리할 수
있다는 사실을 체험했지. 우리가 이미 저들을 변화시킨
거야. 이제 저들이 동족들을 변화시킬 차례야. 우리가 이
섬에 세울 학교는 인간과 다른 종들의 화합을 바탕으로
새로운 세상의 초석을 놓게 될 거야.」

「바스테트 네 입에서 인간을 다시 믿어 보자는 얘기가
나오다니.」

피타고라스는 믿기지 않는 눈치다.

그가 생각에 잠긴 표정으로 앞다리를 치켜들어 귀를
비빈다. 나는 그의 행동을 구체적인 설명이 필요하다는
압박으로 받아들여 한마디 덧붙인다.

「우리가 인간들을 도와주면 돼. 너는 인터넷에서 그들
의 행동을 감시하고 나와 파트리샤는 꿈의 세계에서 그
들에게 영향을 주는 거지.」

마침 조금 떨어진 곳에서 샤먼과 얘기 중인 나탈리가
눈에 들어온다. 파트리샤에게 수화를 배우는 중인 듯 그
녀가 열심히 손짓을 하고 있다.

「만약 인간들이 똑같은 실수를 반복하면 어쩌지?」

나는 못 들은 척 다른 데로 시선을 돌린다. 그의 질문이 메아리 없이 습한 공기 속을 떠돈다.

인간들이 모닥불을 크게 피워 놓고 칼라스의 노래보다 훨씬 경쾌한 음악에 맞춰 춤을 추기 시작한다.

「저건 무슨 음악이야?」

나는 다시 피타고라스 쪽으로 고개를 돌리며 묻는다.

「비발디의 〈봄〉이야. 겨울의 혹독함을 견디면 화창한 날이 오지. 세상은 순환의 법칙에 따라 움직이니까. 이 협주곡은 그런 메시지를 담고 있어. 모든 것은 순환한다, 그러니까 걱정하지 말고 기다리면 된다, 2보…….」

「……2보 후퇴하고 나면 다시 3보 전진하니까.」

우리는 춤추는 인간들을 한참 동안 넋을 잃고 바라본다. 빙글빙글 도는 동작이 우아하고 아름답다.

피타고라스가 갑자기 시선을 돌려 나를 빤히 쳐다본다.

「너는 인간들이 우리를 사랑한다고 믿어?」

뜬금없는 질문에 적잖이 당혹스럽다.

「응, 그들 나름의 방식으로. 어쨌든 그들은 우리를 사랑한다고 생각하고 있어.」

그가 다시 묻는다.

「그럼 너는, 너는 나를 사랑해?」

드디어 나한테 〈속박〉당하고 싶은 마음이 생겼다는 뜻인가?

「지금 너무 피곤해. 혼자 있으면서 나를 〈하나로 모아야〉 할 것 같아.」

샴고양이는 어리둥절해하면서도 더 이상 캐묻지 않는다.

나는 자유의 여신상 머리 꼭대기에 편안히 앉아 에펠탑을 건너다본다. 에펠탑에서 내쏘는 불빛이 빙글빙글 돌면서 여전히 인간들의 도시를 비추고 있다.

아래를 내려다보니 에스메랄다의 젖가슴에 달라붙어 있는 안젤로가 눈에 들어온다.

나탈리와 다른 인간들은 모닥불을 돌며 계속 춤을 추고 있다.

내 영혼이 서서히 돌아와 뇌 속에 자리를 잡는다. 나를 감싸고 있는 모든 에너지와 조화를 이룬 지금, 나는 편안하다, 무척 편안하다. 우주 속에서 내 자리를 찾은 기분이다. 이제는 미래가 두렵지 않다.

나는 더 이상 어떠한 결핍도 느끼지 않는다.

지금 내가 가장 바라는 것?

매일매일 새롭고 놀라운 발견을 하면서 지금처럼 계속 삶을 살아가는 것이다.

나는 몸을 털면서 강물을 내려다본다. 사체들이 물살에 떠내려가 흔적도 없이 사라졌다. 만약 저기서 벌어진 전투가 내 머릿속에 이렇게 선명한 기억으로 남아 있지 않다면 실제로 일어난 일인지 아닌지 나 자신조차 의심이 들기 시작할지 모른다. 저 강물은 흐르는 시간처럼 모든 것을 쓸어 간다. 패자들의 사체도 승자들의 희망도. 모든 것은 언젠가 사라지고 잊히게 돼 있다.

피타고라스는 시간의 흐름에 저항할 방법이 있다고 했다.

〈책〉, 이게 과연 방법이 될 수 있을까?

내 생각을 종이로 된 물건에 구체적으로 담아 보여 주는 게 가능할까?

한참을 궁리하다 보니 해답의 실마리가 잡힌다. 그래, 그동안 일어났던 일을 꿈에서 파트리샤에게 말해 주고 받아 적게 하자. 그렇게 하면 내 정신이 〈물질성〉을 확보하게 될 거야.

그녀에게 내가 본 것, 내가 겪은 것, 내가 느낀 것, 내가 추론한 것을 있는 그대로 얘기해 주자.

내 눈앞에서 지금 벌어지는 것처럼 생생하게 들려주자.

그러면 그녀가 내 기억을 글로 옮겨 후세에게 알려 주겠지.

당연히 모두가 믿지는 않겠지만 믿는 이들도 있을 거야. 그 독자들 중에는 또 내 얘기를 자식들에게 들려주는 이들도 있겠지.

결국 이 책을 통해 내 생각은 시간을 견디고 살아남게 될 거야. 그러면 내 삶은 헛되지 않은 거지.

작가의 말

추신 1. 이 소설을 쓰기 위해 (전투와 추격, 폭포 장면에서도) 동물에게 위해를 가하거나 동물을 학대한 적이 없습니다.

추신 2. 우리 사회에서 동물의 지위를 향상시키기 위해 애쓰는 PETA(동물에 대한 윤리적 처우를 주장하는 사람들)를 지지합니다.

추신 3. (파트리크 코뱅이라는 필명으로 알려져 있고 『E=mc², 내 사랑』을 비롯한 다수의 작품을 발표한) 멋진 소설가 클로드 클로츠에게 존경의 마음을 전합니다. 기자 시절에 자택에서 그를 인터뷰할 때, 그의 곁을 맴도는 고양이를 보면서 〈나를 지켜보고 내게 영감을 주는 고양이와 함께 집에서 조용히 일하는 것, 이게 바로 내가 꿈꾸는 삶이야〉 하고 생각했습니다.

추신 4. 이웃사촌인 툴루즈 출신의 수의사 장이브 고세에게 감사의 마음을 전합니다. 그는 고양이의 갸르릉 소리에서 나오는 저주파(20~50Hz) 파동의 긍정적 효과를 연구하는 과학인 갸르릉테라피를 발명했습니다. 이 파동은 고막뿐 아니라 진피에 있는 신경 말단부인 파치니 소체에 작용해 뛰어난 진정 효과를 발휘합니다. 고양이의 갸르릉 소리는 수면의 질을 높이고 기분을 좋게 하는 신경 전달 물질인 세로토닌의 분비를 유도해 스트레스를 줄이고 골절 치료에 도움을 줍니다.

추신 5. 고양이에 관련된 흥미로운 사례들과 고양이의 특이한 행동들을 소개한 인터넷 사이트 Wamiz (http://wamiz.com)에서 많은 도움을 받았습니다.

추신 6. 마지막으로 아주 간단한 질문을 하나 드리겠습니다. 만약 여러분보다 덩치가 다섯 배는 크고 소통도 불가능한 존재가 여러분을 마음대로 다룬다면, 문손잡이가 닿지 않는 방에 여러분을 가두고 재료를 알 수도 없는 음식을 기분 내키는 대로 준다면, 어떤 심정일까요? (곰곰이 생각해 보니까 아이들 처지도 이와 비슷한데, 기간이 짧아요. 그렇죠?)

이 소설을 쓰는 동안 들었던 음악

— 임현정HJ Lim이 연주한 베토벤 소나타

— 빈첸초 벨리니의 오페라 「노르마」 중 유명한 아리 아인 「정결한 여신」

— 피터 게이브리얼의 앨범 「피터 게이브리얼」에 수록 된 「샌저신토San Jacinto」

— 조 새트리아니가 연주한 비발디의 「사계」(전자 기 타로 연주한 하드 록 버전)

— 장이브 고셰가 자신의 잡지 『에페르베시앙스*Effer-vesciences*』에 싣기 위해 갸르릉 소리를 한 시간 분량으 로 연속 녹음한 「루키와 함께 편안한 휴식을」(비발디의 음악과 함께 들으면 좋음)

옮긴이의 말

베르나르 베르베르의 작품에는 고양이가 자주 등장한다. 내가 기억하는 것만 해도 『파피용』, 『제3인류』, 『잠』에 모두 고양이가 나온다. 베르베르의 작품 속 등장인물들이 서로 의미 있게 연결되어 있다는 점을 떠올리면 작가는 오래전부터 고양이가 주인공인 작품을 구상해 왔을 것 같다. 애독자인 나는 〈올 것이 왔다!〉고 생각하면서 왠지 베르베르라는 이야기꾼과 고양이라는 소재가 이상적인 조합이 될 것 같다는 기대감에 부풀어 책을 읽어 내려가기 시작했다.

『고양이』는 테러와 전쟁이 벌어지고 설상가상으로 페스트까지 덮친 파리에서 멸망의 위기에 직면한 인류 문명의 대안을 고민하는 두 고양이 바스테트와 피타고라스의 모험을 그린 이야기다. 〈살아 있는 것은 모두 영혼이 있다. 영혼을 가진 것은 모두 소통이 가능하다〉고 확신하는 암고양이 바스테트는 이웃집 고양이 피타고라스를 통해 인간 세계의 지식을 접하게 된다. 인간과 고양이의 역사를 배우면서 바스테트가 자기 자신과 주변 세계에 눈뜨는 사이 파리는 쥐들에게 점령당한다. 바스테트는 피타고라스와 함께 고양이 군대를 결성해 쥐들에게서 도시를 되찾아 오기로 결심한다.

『제3인류』에서 현 인류가 멸망하고 나서 등장할 새로운 인류의 모습을 상상했던 베르베르는 이번 작품에서 고양이의 입을 빌려 〈인간 다음은 누굴까?〉라고 다시 묻는다. 자멸로 치닫는 작금의 인류 문명을 향한 경고의 메시지이다. 『고양이』는 인간에게 닥칠지 모르는 〈여섯 번째 대멸종〉 이후의 새로운 체제에 대한 고민을 담고 있다. 〈인간들이 실패에 맞닥뜨렸으니 다른 동물이 나서서 이상적인 미래의 비전을 제시해야 한다〉라며 고양이들이 제안하는 새로운 사회는 종간 연대와 공존에 바탕하고 있다. 그리고 이런 가치의 실현을 가능하게 해주는 것은 종간 장벽을 뛰어넘는 소통, 바로 바스테트가 꿈꾸는 〈정신 대 정신의 소통〉이다.

『고양이』는 정신과 영혼을 통한 존재 간의 소통을 이야기한다. 『제3인류』에서 지구와 인간의 소통을, 『잠』에서 인간과 인간의 소통을 다룬 작가는 이번 책에서 인간과 동물의 소통을 말한다. 이 소통은 정신과 육체의 관계를 바라보는 새로운 시각을 요구한다. 주인공 바스테트는 모든 존재는 육신의 껍데기에 국한되지 않고 무한히 확장할 수 있는 가능성을 지녔다는 것을 깨닫고 나서 꿈속에서 그토록 바라던 인간과의 소통에 성공한다. 베르베르는 전작 『잠』에서와 같이 현실 세계의 물리 법칙에서 벗어난 꿈의 세계를 소통의 공간으로 설정하고 있다. 〈모든 영혼이 대등한 관계에서 소통할 수 있는 꿈의 세계〉는 바스테트와 피타고라스가 꿈꾸는 새로운 문명의 가치들이 실현되는 정신세계이자 베르베르식 상상력의 세계일 것이다.

『고양이』는 평범한 암고양이었던 주인공 바스테트가 〈진정한〉 피타고라스의 지혜를 획득해 가는 과정을 그린 성장 소설로도 읽힌다. 인간 세계의 지식과 인간에게서 고양이에게로 오는 일방적 소통에 매몰된 피타고라스와 달리 바스테트는 수신과 발신이 모두 가능한 양방향 소통을 꿈꾼다. 존재와 세계에 대한 그녀의 사유는 스승인 피타고라스를 훌쩍 뛰어넘는다. 이 책에서 1인칭 화자의 시점으로 이야기를 이끌어 가는 주인공 바스테트의 매력은 단연 돋보인다. 사랑스럽고 강인하고 독립적인 여성 캐릭터! 〈진화의 정점에서 퇴행을 선택할 수는 없다〉라고 호기롭게 말하는 고양이 바스테트의 매력은 나 같은 인간 독자들을 사로잡기에 충분하다.

이 책은 길에서 고양이들을 돌보는 나에게 아주 각별한 의미를 지닌다. 한 문장 한 문장 옮길 때마다 그동안 만났던 많은 고양이들을 떠올렸다. 이번 작업은 그래서 그 고양이들과 나의 만남과 소통의 기억이자 추억이다. 길에서 태어나 집에서 함께 살고 있는 우리 파랑이와 쿠키, 서촌 작업실의 다섯 고양이인 짧은귀, 이쁜이, 목도리, 점프, 주니어, 그리고 나와 짧은 혹은 긴 인연을 맺었던 길 위의 모든 고양이들에게 그들이 주인공인 이 이야기가 작은 위로와 선물이 되었으면 한다.

2018년 5월
전미연

옮긴이 **전미연** 서울대학교 불어불문학과와 한국외국어대학교 통번역대학원 한불과를 졸업했다. 파리 제3대학 통번역대학원(ESIT) 번역 과정과 오타와 통번역대학원(STI) 번역학 박사 과정을 마쳤다. 현재 전문 번역가로 활동하며 한국외국어대학교 통번역대학원 겸임교수로 재직 중이다. 옮긴 책으로는 베르나르 베르베르의 『잠』, 『파피용』, 『제3인류』(공역), 『만화 타나토노트』, 엠마뉘엘 카레르의 『리모노프』, 『나 아닌 다른 삶』, 『콧수염』, 『겨울 아이』, 카롤 마르티네즈의 『꿰맨 심장』, 아멜리 노통브의 『두려움과 떨림』, 『배고픔의 자서전』, 『이토록 아름다운 세 살』, 기욤 뮈소의 『당신, 거기 있어 줄래요?』, 『사랑하기 때문에』, 『그 후에』, 『천사의 부름』, 『종이 여자』, 발렝탱 뮈소의 『완벽한 계획』, 다비드 카라의 『새벽의 흔적』, 로맹 사르두의 『최후의 알리바이』, 『크리스마스 1초 전』, 『크리스마스를 구해 줘』, 알렉시 제니 외의 『22세기 세계』(공역) 등이 있다. 「작은 철학자 시리즈」를 비롯한 어린이책도 여러 권 번역했다.

고양이 2

| 발행일 | 2018년 5월 30일 초판 1쇄 |
| | 2024년 1월 20일 초판 37쇄 |

지은이	베르나르 베르베르
옮긴이	전미연
발행인	홍예빈 · 홍유진
발행처	주식회사 열린책들

경기도 파주시 문발로 253 파주출판도시
전화 031-955-4000 팩스 031-955-4004
www.openbooks.co.kr

Copyright (C) 주식회사 열린책들, 2018, *Printed in Korea.*
ISBN 978-89-329-1913-3 04860
ISBN 978-89-329-1911-9 (세트)

이 도서의 국립중앙도서관 출판예정도서목록(CIP)은 서지정보유통지원시스템 홈페이지(http://seoji.nl.go.kr)와 국가자료공동목록시스템(http://www.nl.go.kr/kolisnet)에서 이용하실 수 있습니다.(CIP제어번호 : CIP2018013779)